dtv

Dass Carola ihren Partner manchmal einfach nicht mehr erträgt, kann man ihr nicht verdenken. Der gescheiterte Schauspieler, vom Leben überfordert, hat sich in einer bequemen Mittelmäßigkeit eingerichtet und fühlt sich ganz wohl in seiner Rolle als Beobachter. Nichts vermag ihn wirklich zu erschüttern, nicht einmal als Carola sich von ihm trennt. Überraschenderweise findet sich Carolas Mutter bereit, dem Verlassenen zur Seite zu stehen, aber will der überhaupt gerettet werden? Gewohnt lakonisch, hintergründig-witzig, mit peinlich-genauem Blick für die Abgründe der menschlichen Psyche wie für die dunklen Seiten unserer Städte zeichnet Wilhelm Genazino mit feinen Strichen ein Bild unserer Zeit.

Wilhelm Genazino, 1943 in Mannheim geboren, arbeitete zunächst als Journalist, später als Redakteur und Hörspielautor. Als Romanautor wurde er 1977 mit seiner ›Abschaffel‹-Trilogie bekannt und gehört seitdem zu den wichtigsten deutschen Gegenwartsautoren. Für sein umfangreiches Werk wurde er mit zahlreichen Preisen geehrt, u.a. mit dem Großen Literaturpreis der Bayerischen Akademie der Schönen Künste, dem Georg-Büchner-Preis und dem Kleist-Preis. 2013 erhielt er den Kasseler Literaturpreis für grotesken Humor. 2011 wurde Genazino in die Akademie der Künste gewählt. Wilhelm Genazino lebt in Frankfurt am Main.

Wilhelm Genazino

Außer uns spricht niemand über uns

Roman

dtv

Von Wilhelm Genazino ist bei dtv außerdem lieferbar:
Abschaffel (13028)
Ein Regenschirm für diesen Tag (13072)
Eine Frau, eine Wohnung, ein Roman (13311)
Die Ausschweifung (13313)
Fremde Kämpfe (13314)
Die Obdachlosigkeit der Fische (13315)
Die Liebesblödigkeit (13540)
Der gedehnte Blick (13608)
Mittelmäßiges Heimweh (13724)
Das Glück in glücksfernen Zeiten (13950)
Die Liebe zur Einfalt (14076)
Aus der Ferne/Auf der Kippe (14126)
Wenn wir Tiere wären (14242)
Leise singende Frauen (14292)
Idyllen in der Halbnatur (14328)
Tarzan am Main (14366)
Bei Regen im Saal (14466)

**Ausführliche Informationen über
unsere Autoren und Bücher
www.dtv.de**

2018 dtv Verlagsgesellschaft mbH & Co. KG, München
Lizenzausgabe mit Genehmigung des Carl Hanser Verlag München
© 2016 Carl Hanser Verlag München
Umschlaggestaltung: Wildes Blut, Atelier für Gestaltung,
Stephanie Weischer unter Verwendung eines Fotos
von gettyimages/Karin Smeds
Gesamtherstellung: Druckerei C.H.Beck, Nördlingen
(Satz nach einer Vorlage des Carl Hanser Verlag)
Gedruckt auf säurefreiem, chlorfrei gebleichtem Papier
Printed in Germany · ISBN 978-3-423-14661-6

Außer uns
spricht niemand
über uns

I Still ruhte der Sonntag in den Straßen der Stadt. Ich stand am Fenster und sah eine Frau, die in hohen Schuhen an den Gartenzäunen entlangging. Auf der anderen Seite der Straße erschien eine junge Mutter mit Kinderwagen. Sie trug flache Schuhe und schaute ohne Unterlass auf das wahrscheinlich rosige Gesicht ihres schlafenden Säuglings. Eine junge Frau sang im Radio mit weinerlicher Stimme, dass Jesus sie liebt und retten wird.

Gestern Abend war ich bei Carola und lag lange allein in ihrem Bett. Ich hoffte, Carola werde bald bemerken, dass ich auf sie wartete. Aber sie saß vor dem Fernsehapparat und sah sich eine Dokumentation über Leihmütter an. Meine Stimmung rutschte in einen nie gesehenen Keller. Erst als Carola den Fernsehapparat zu später Stunde abschaltete und ins Bett kam, sagte sie plötzlich: Meine Mutter war eine belanglose Frau, und ich werde ebenfalls eine belanglose Frau. Ich verstand den Satz gerade noch, war aber nicht mehr wach genug, um auf ihn einzugehen.

Weil ich heute sehr früh wach geworden war, zog ich mich fast geräuschlos an und verließ noch vor sieben Uhr Carolas Wohnung. Die Bäckerei in der Nähe meiner Wohnung öffnete sonntags um acht. Ich würde mir zwei Brötchen kaufen, in Ruhe frühstücken und über mein Leben nachdenken. Denn mein Leben verlief nicht so, wie ich es mir einmal vorgestellt hatte. Mit welcher Zartheit der erste Unwille an uns nagt! Gleichzeitig konnte ich nur ungenau sagen, wie das von mir gewünschte Leben eigentlich aussehen sollte. Ich verdiente ausreichend Geld und war nicht von übersteigerten Erwartungen gesteuert. Mir fiel ein, dass an diesem Sonntag in der Stadt ein großer Marathonlauf stattfand. An den Rändern der Straßen stellten Händler schon jetzt Tische auf, auf denen später belegte Brötchen, Erfrischungsgetränke, Luftballons und Trillerpfeifen zum Verkauf bereitlagen. Das Rote Kreuz errichtete Zelte, in denen sich zusammengebrochene Läufer auf Rollbetten ausruhen und notfalls behandelt werden konnten. Der Tag des Marathonlaufs war für viele eine außergewöhnliche Unterhaltung. Obwohl sich zu dieser Stunde noch nicht viel ereignete, stellten sich viele Zuschauer schon jetzt entlang der Laufstrecke auf. Sie glaubten, an *diesem* Tag werde sich der Alltag endlich mit jener Lebendigkeit anfühlen, die sie das ganze Jahr über erwarteten. Eine alleinstehende Nachbarin fragte auf der Treppe: Schauen Sie sich auch den Marathon an? Ich bin noch nicht einmal richtig wach, sagte ich, worauf sie still wurde. Ich erinnerte mich kurz an die Zeit, als ich in Versuchung war, mit einer Hausbewohnerin anzubändeln, obwohl ich derlei Abenteuer schon lange nicht mehr schätzte. Aber dann, gerade noch rechtzeitig, schaute eines Morgens ein Otto-Katalog aus dem Briefkasten der Nachbarin heraus, und dann ahnte ich, dass die Geschichte wie das langsame Durchblättern eines Otto-Katalogs weitergehen würde. In der Bäckerei sah ich ein paar Läufer. Vor mir war ein Rentner an der Reihe, der sich mit Sicherheitsnadeln eine viel zu große Stoff-Nummer am Unterhemd befestigt hatte. Der Mann war zuversichtlicher Laune und wusste offenbar nicht, wie schräg das Bild war, das er abgab. Sogar die Verkäuferinnen kicherten über ihn, was ihn nicht irritierte. Ich verlangte zwei Brötchen und verließ rasch den Laden. An stillen Sonntagen fiel deutlicher als sonst auf, dass meine Drei-Zimmer-Wohnung mit Küche und Bad für mich allein zu groß war. Damals, als ich die Wohnung anmietete, hatte ich gedacht, es müsse ein Ende haben mit diesen Ein-Zimmer-Appartements, in denen ich zuvor gelebt hatte. Jetzt, in drei Zimmern, stöhnte ich immer mal wieder über die zu wenig genutzten Räume, die sich allmählich in Lagerräume zu verwandeln schienen. Von Zeit zu Zeit füllte ich einen Karton mit alten Zeitschriften oder mit nicht mehr gebrauchten Küchengeräten und schob ihn in eines der kaum bewohnten Zimmer. Hinzu kam dann und wann ein alter Sakko oder ein abgelegter Mantel oder eine erbarmungswürdige Hose, die wegzuwerfen ich mich nicht traute. Carola sagte nie: Ich könnte doch in deine Wohnung mit einziehen. Sondern sie stellte geschickt meinen Vorteil in den Vordergrund: Ich könnte einen Teil der Miete übernehmen. Den Rest ihres Vorschlags sprach sie nicht aus. Sie sagte auch nicht, dass sie ihre jetzige Wohnung kündigte, falls sie bei mir einziehen würde. Sie stellte die Angelegenheit so dar, als ob sie sich schon immer vorgestellt hätte, zwei Adressen zu haben, wo sie sich wechselweise aufhalten könnte/würde. Ich hatte mir angewöhnt, all diese Äußerungen nicht zu kommentieren. Es wurde mir klar, dass Carola sich offenbar entschlossen hatte, aufs Ganze zu gehen, ohne ein einziges Wort über das Thema zu verlieren. Da hörte ich die Lautsprecherdurchsagen der Polizei, deren schnarrender Ton mich erschreckte. Ich schloss die Fenster und schaltete aus Ratlosigkeit das Radio ein.

Eine Frauenstimme stellte ein sogenanntes Hörrätsel vor. Sie las einen etwa zwei Minuten langen Ausschnitt aus einem Roman vor. Die Hörer sollten raten, um welchen Roman es sich dabei handelte und dann beim Sender anrufen. Wenn sich ein Hörer schnell meldete, sagte die Sprecherin, könne er vielleicht eine CD gewinnen und sein Name werde in der nächsten Sendung genannt. Ich zuckte zusammen und setzte mich auf einen Stuhl. Es war unglaublich: Solche zerknautschten Hausfrauenspäße machte der Rundfunk immer noch. Das Radio konnte ich abschalten, gegen die Durchsagen der Polizei war ich machtlos. Ich saß immer noch auf einem Stuhl und machte mir klar, dass ich diesem Tag entfliehen musste. Aber wohin? Es zeichnete sich seit längerer Zeit ab, dass Carola und ich nicht wirklich zusammenpassten, aber Carola hielt fast alles, was sich zwischen uns ereignete, für immer neue Zeichen von Liebe und Zukunft. Carola steckte in einer Zwickmühle, aus der es meiner Einschätzung nach kein Entkommen gab. Sie arbeitete seit Jahren als Telefonistin in einer Spedition. Der Beruf war ihr peinlich geworden. Nur noch selten war sie bereit, über ihr Dilemma zu sprechen. In Wahrheit musste sie endlich eine Ausbildung beginnen, aber in ihrem Alter (sie war 35) war vieles nicht mehr möglich, was zehn Jahre zuvor leicht zu machen gewesen wäre. Ich versuchte ihr zu helfen, so oft es mir möglich war, einen Job zu finden. Aber die offenen Stellen ähnelten einander in einem Punkt: Es war für diese Stellen keine besondere Ausbildung nötig, das heißt, sie waren begehrt bei allen, die nicht viel zu bieten hatten. In dieser Lage konnte sie nur Telefonistin bleiben. Das dachte ich oft, sagte es aber nicht, um Carola nicht noch mehr zu belasten. Ich bewegte mich auf einen Punkt zu, an dem ich fürchtete, nicht den richtigen Anfang des Tages erwischt zu haben. An diesem Punkt rief ich früher oft meine Mutter an, aber meine Mutter war schon lange tot. Oder ich begann, meine Schuhe zu putzen, was selten genug geschah. Carola konnte einen reglosen Sonntag nicht in Ruhe auf sich zukommen lassen. Wenn ich sie sonntags treffen wollte, musste ich spätestens donnerstags Bescheid sagen; andernfalls verabredete sie sich mit einer Freundin und ging mit ihr ins Kino. Ihre Vorliebe für belanglose amerikanische Filme war mir seit langer Zeit rätselhaft, aber ich hatte gelernt, auf dieses Thema zu verzichten. Sie kanzelte mich dann mit einem einzigen Satz ab: Das verstehst du sowieso nicht – womit sie recht hatte. Ich wollte noch immer nicht hinnehmen, dass es eine Unterhaltungsunterschicht gab, die auf anderen Gebieten durchaus nicht der Unterschicht angehörte. Ihr gefiel das Arrangement an meinem Bett: zwei Radios, viele Bücher, die Wundsalbe, oft ein Pfirsich, der Rest einer Brezel, ein 10-Euro-Schein, zwei Kondome, der Wecker, eine Socke, der Aschenbecher. Sie lachte, wenn sie dieses Arrangement sah.

Jetzt betrachtete ich am Fenster die verschiedenen Arten, wie halbwelke Blätter vom Baum fielen. Die meisten Blätter schaukelten im Zeitlupentempo in den Hof hinunter. Andere waren schon weitgehend zusammengerollt und stürzten fast senkrecht in die Tiefe. Wieder andere segelten wie kleine Flugzeuge sachte abwärts. Eine Frau begann den Hof auszukehren, was an diesem Tag nicht einfach war. Es lagen viele feuchte Blätter aufeinander oder klebten am Boden. Im dritten Stock des gegenüberliegenden Hauses brannte in einem Zimmer noch immer Licht. Jemand hatte am Abend zuvor vergessen, den Lichtschalter zu betätigen. Eben kam ein Wind auf und ließ viele angewelkte Blätter auf einmal zu Boden schweben. Meine Waschmaschine war nicht mehr die Jüngste. Ich müsste sie wahrscheinlich ausrangieren und mir eine neue kaufen. Ein Zeichen ihres Alters waren die wirren Geräusche, die sie inzwischen von sich gab. Ich benutzte die Maschine nur noch, wenn ich kurz danach die Wohnung verließ. Ich stellte mir manchmal vor, wir hätten dann ein Kind, für das ich die Verlautbarungen der Waschmaschine nachahmte, woran das Kind großes Vergnügen hätte. In meiner Vorstellung fing das Kind ebenfalls an, die Geräusche zu imitieren. Ich sagte dann: Es gibt erstens die echten Geräusche und zweitens deren Nachahmer und drittens den Nachahmer der Nachahmer, das Kind. Das würde eine Weile gut gehen, bis Carola uns bitten würde, unsere Darbietung zu beenden. Zutreffend an dieser Geschichte war, dass weder Carola noch ich den Mut hatten, ein Kind in die Welt zu setzen, oft aber darüber redeten, wie es wäre, wenn wir den Mut hätten. Ich ging in der Wohnung umher und gab eine Art von Geheul von mir. Wenn Carola jetzt da wäre, würde sie wieder fragen: Was fehlt dir? Dann würde ich sie von hinten umarmen, so dass ihre Brüste in meinen Händen lagen und die Frage, was mir fehlte, geklärt wäre, jedenfalls für Carola. Ich war gemein, ich tat so, als wären meine Probleme lösbar. Ich memorierte oft meine Lage, obwohl ich meinen Schicksalssound selbst kaum noch hören mochte. Ich sagte oft, dass ich von Beruf Rundfunksprecher war, und fügte manchmal hinzu, dass mein Beruf das Überbleibsel eines großen Wunschs war, der sich nicht erfüllt hatte. Tatsächlich hatte ich immer Schauspieler werden wollen, nicht irgendeiner, sondern einer, der ... ach, ich spreche es nicht aus. Tatsächlich war ich einmal etwa ein Jahr lang bei einem mittelgroßen Stadttheater fest engagiert, das war's. Zum Glück war es mir damals gelungen, Kontakte zu einem Rundfunksender aufzubauen.

Ich hatte damals nicht geahnt, dass sich aus diesem Kontakt die Basis meines heutigen Arbeitslebens ergeben würde. Es war öde, in der Wohnung umherzulaufen und alte Gedanken noch einmal und noch einmal zu denken. Ich saß in der Nähe des Fensters und betrachtete Blaumeisen, die draußen umherschwirrten. Dass sie einmal blau gewesen waren, war kaum noch zu erkennen. Vermutlich war der Staub der Stadt tief in ihr weiches Gefieder eingedrungen und hatte aus ihnen Graumeisen gemacht.

Weil ich mich spät rasiert hatte, blutete eine kleine Wunde unterhalb der Unterlippe immer noch. Ich fragte mich, warum ich an manchen Tagen Heimweh hatte, an den meisten Tagen jedoch nicht. Es war nicht deutlich, wonach sich mein Heimweh sehnte. Ich stellte mich vor den Spiegel im Flur und wartete, bis mir mein Heimweh eine Auskunft gab. Dabei interessierte mich das Heimwehproblem nicht wirklich, ich wollte nur begreifen können, warum ich so oft besorgt war. Obwohl meine Mutter schon lange tot war, machte ich mir immer noch Sorgen um sie. Sie war der wahrscheinlich ungeschickteste Mensch, der mir im Leben begegnet war. Einmal hatte ich ihr helfen müssen, eine Banküberweisung auszufüllen. Damals hatte ich zuweilen bemerkt, dass sie Probleme mit der Orthographie hatte, aber ich verstand, dass ich darüber nicht reden durfte, auch mit Vater nicht, zumal Mutter im Haushalt perfekt und unermüdlich war, so dass die Familie ohne sie kaum zurechtgekommen wäre. In dieser Zeit erkannte ich, dass es verschiedene Formen des Analphabetismus gibt. Die Sprache der Selbstversorgung zum Beispiel beherrschte nur Mutter, alle anderen Mitglieder der Familie stotterten ohne sie vor den Problemen herum und wussten nicht, wo sie anfangen sollten. Ich hielt es für kein gutes Zeichen, dass mir so viele Details zu meiner Mutter einfielen. Außerdem war ich besorgt, dass ich mir ausgerechnet jetzt deutlich machte, dass meine Beziehung zu Carola lange nicht mehr so intensiv und freudig war wie in früheren Jahren. Jetzt überlegte ich auch noch, ob es ihre Schuld oder meine war, dass der Drang zwischen uns nachließ. Als ich auf dem Römerberg angekommen war und den Eisernen Steg sah, entschloss ich mich, den Main zu überqueren. Drüben, auf der anderen Mainseite, verlor ich meine Besorgtheit und wunderte mich darüber. Ich verstand nicht, dass es manchmal genügt, die Stadtbilder zu wechseln, um mit ihnen auch die inneren Zustände auszutauschen. Die alten Häuser und die ruhigen Straßen, die ich hier sah, ähnelten den Ausblicken in meiner Heimatstadt. Ich war dankbar, dass es hier keinen Marathon gab, sondern dass der Stadtteil ruhig dalag wie eine Märklin-Spielstadt ohne Flugzeuglärm am Himmel, ohne karnevalistische Umzüge und ohne öffentlich aufspielende Blasorchester, ohne dicke Männer in Uniform und ohne zerlumpte Obdachlose auf den Spielplätzen der Kinder.

Vor dem Eingang eines Kinos warteten junge Paare auf den Beginn der Vorstellung. Die Erinnerungen an meine Eltern kamen mir jetzt abgestanden vor. Eine Frau mit Kind und Kinderwagen überholte mich. Der Schnuller im Mund des Säuglings wippte während des Saugens auf und ab. Eine ältere Frau trat an die Briefkästen der Häuser heran, las nacheinander die Namen und ging dann weiter. Ich beobachtete einen Mann, der seinen Hund in ein öffentliches Frauenklo laufen ließ und sich dann draußen über die erschrockenen Frauen amüsierte. Ich wusste nicht, woran es lag, dass mir kurz darauf der Einfall kam, dass ich Carola heiraten könnte. Diese Idee hatte ich nicht zum ersten Mal, und die Ratlosigkeit, die mich jetzt heimsuchte, war mir bestens vertraut. Ich litt vergleichsweise oft an meinem Argwohn, dass Carola meine Souveränität beeinträchtigen und mich dadurch unglücklich machen könnte.

Ich war jetzt sicher, dass mir die Flucht vor dem Marathonlauf gelungen war. Wahrscheinlich wussten die Leute jenseits des Flusses nicht einmal, was ein Marathonlauf war und dass ganz in der Nähe ein solcher stattfand. Auch hier liefen Leute, besonders Männer, mit vergammelten und leeren Rucksäcken umher. Es sah aus, als hätten viele Menschen vergessen, dass sie inzwischen ihren Müll zu lieben begonnen hatten und ihn deswegen unentwegt mit sich herumtragen wollten oder mussten. Es ging auf Mittag zu, ich verspürte Hunger. Der Stadtteil, in dem ich umherlief, gefiel mir. Die Tauben waren immer nur kurz unterwegs und flatterten dann wieder auf den Boden nieder. Auch hier sah ich viele ältere Menschen in zerschundener Kleidung, mit Krücken und Brotbeuteln. Ich beobachtete sie gerne und argwöhnte oft, dass sie ihre Krücken nicht wirklich brauchten. Eine Weile stützten sie sich mit den Krücken ab, aber dann lehnten sie ihre Gehhilfen gegen einen Hausflur und gingen unbehindert zu einem Kiosk, um sich Bier und Zigaretten zu kaufen. Vielleicht gab es die Krücken nur deswegen, weil die Menschen zwischendurch an ihrem Bewusstsein litten, dass ihnen geholfen werden musste. Allgemeine Mangelgefühle waren auch mir seit der Kindheit vertraut. Seit etwa vierzehn Tagen litt ich wieder an einem Drang, von dem ich nicht wusste, ob er mich irgendwann ins Unglück stürzen würde: Ich wollte endlich ein bedeutsames Leben führen. Ich ahnte, dass die menschliche Bedeutsamkeit in zahllosen Einzelheiten des wirklichen Lebens aufbewahrt war und dass es an den Menschen lag, diese Bedeutsamkeit in ihr Leben einzubauen; aber wie? Zuweilen hatte ich den Eindruck, das Verlangen nach Bedeutsamkeit sei ein verhülltes Heimweh. Es war möglich, dass heute ein solcher Heimwehtag war. Ein leichter Regen fiel schräg in die Straße und nässte die Häuser ringsum. Es gefiel Carola, dass es mich nach einem bedeutsamen Leben verlangte. Es leitet mich die Vorstellung, sagte ich vor etwa drei Wochen zu ihr (ich sagte tatsächlich: es leitet mich die Vorstellung), dass mich nur ein bedeutsames Leben vor der Vernutzung im Alltag bewahrt, in deren Anfängen ich mich bereits verheddert habe.

Carola ließ mich spüren, dass sie von meinen Sätzen beeindruckt war. Sie atmete wie früher langsam ein und aus und wartete, dass ich weiterredete. Es schien ihr zu gefallen, dass in meinem Kopf etwas vorging, was zur übrigen Welt nicht passte. Dabei erschöpfte mich das Reden über Bedeutsamkeit rasch. Ich entdeckte eine ältere Pizzeria und blickte eine Weile von außen in das Lokal. Das Restaurant wirkte auf mich wie ein kleines Museum aus den siebziger Jahren. Von der Decke hingen Korbleuchten herunter, auf den kleinen Tischen standen Porzellanschalen mit frischem Weißbrot. Die ganze Familie arbeitete: Der Vater machte sich am Pizza-Ofen zu schaffen, die Mutter stellte Weinflaschen und Gläser auf die Tische, die Tochter spülte Geschirr hinter der Theke, ein Kind spielte auf dem Boden mit Bauklötzchen. Ich konnte nicht widerstehen und betrat das Lokal. Der Vater wies auf mehrere Tische gleichzeitig. Ich nahm Platz, der Vater legte eine Speisekarte vor mir ab.

Ich bestellte eine Pizza mit Pilzen und überlegte eine Weile, warum es in der Stadt nur noch wenige italienische Lokale gab. Waren viele Italiener wieder in ihre Heimat zurückgekehrt oder waren sie in der Fremde gestorben; oder waren die einmal Eingewanderten hiergeblieben und es waren keine neuen nachgekommen?

Ich dachte an den nächsten Tag. Ich hatte beim Rundfunk nur ein paar kurze Kulturberichte zu lesen. Mit diesen knappen Auftritten verdiente ich nur wenig Geld, aber ich konnte es mir nicht leisten, auf die Honorare zu verzichten. Ich überlegte jetzt schon, ob ich mich nachher, wenn ich mit dem Essen fertig war, zwei Stunden lang schlafen legen sollte. Dann würde ich rechtzeitig zum Beginn des Wunschkonzerts wieder aufwachen. Meine Nachmittagsplanung kam mir altmodisch und unpassend vor. Schon das Wort Wunschkonzert erinnerte mich an Altersheime, Haarnetze, Rollstühle und Inkontinenz. Wo blieb unter diesen Umständen mein Verlangen nach Bedeutsamkeit? Ich freute mich plötzlich, wieder nach Hause zu kommen, und aß die Pizza schneller als geplant. Ein Drittel der Pizza ließ ich stehen. Der italienische Vater betrachtete mich ratlos. Ich war schuld an seiner Überforderung und beeilte mich. Als ich die Hälfte der Brücke hinter mir hatte, sah ich, dass der Marathonlauf immer noch nicht beendet war. Auf Holzbänken und am Straßenrand saßen erschöpfte Läufer und schauten zwischen ihren Knien auf die Straße herab. Ehefrauen befreiten die Läufer von ihren Startnummern und zogen ihnen die feuchten Unterhemden aus. Einige Frauen drückten den Männern belegte Brote in die Hand und hielten Plastikbecher mit Wasser bereit. Andere Frauen hatten Handtücher dabei und trockneten den Männern das Haar.

Erst jetzt begriff ich, dass mir der Anblick der niedergekämpften Rentner gefiel. Endlich zeigten einige Menschen ihre Erschöpfung. Es bedurfte eines Marathonlaufs, um dieses öffentliche Geständnis zustande zu bringen.

In einem Nachzüglerpulk entdeckte ich plötzlich Carola. Sie lief und blickte zitternd auf die Straße. Sie hatte mir nicht gesagt, dass sie an diesem Lauf teilnehmen wollte. Ihr nasses Haar und ihr zitterndes Gesicht ließen sie alt erscheinen. Als ich sie von hinten sah, entdeckte ich plötzlich auf ihrer rechten Schulter ein kleines Tattoo. Es war kleiner als die Hand eines Säuglings und stellte eine sich krümmende Schlange dar. Ich war gebannt und innerlich sprachlos. Nach kurzer Zeit erfand ich eine Schuld. Wir hatten schon länger nicht mehr miteinander geschlafen. Sie schlüpfte zwar immer mal wieder zu mir ins Bett. Wir umarmten uns, wir küssten uns und seufzten, schliefen aber zu schnell ein. Wenn Carola mir ihren Tattoo-Plan mitgeteilt hätte, wäre mir nichts dazu eingefallen. Jetzt wagte ich kaum, mir meinen Schreck einzugestehen. Ich machte mir klar, dass ich das Tattoo zukünftig würde immer mal wieder anschauen müssen.

2 Als ich jünger war, hatte ich mir eine Weile eingeredet, ich sei melancholisch beziehungsweise depressiv beziehungsweise ein Burn-out-Fall. Damals war jeder halbwegs einsichtige Mensch eines von diesen dreien, weil die Welt (und man selbst in ihr) auf andere Weise nicht mehr zu ertragen war. Auch Carola hatte damals kaum ein anderes Thema, obwohl auch sie in Wirklichkeit kein melancholischer Mensch war, im Gegenteil. Als wir uns kennenlernten, zogen wir nachts als ein Teil einer tagsüber über Kunst und Liebe herumschwadronierenden Gruppe durch den Stadtteil, bis wir gegen Mitternacht in einem belanglosen Lokal landeten, dort etwas Bier oder Wein tranken, erneut viel redeten und dann zu ihr gingen, weil sie das breitere Bett hatte. Carola gab sich mit erstaunlicher Direktheit hin und erfreute sich dabei ihres eigenen Liebeseifers. Eines Nachts gestanden wir uns, dass wir überhaupt nicht melancholisch und nicht depressiv und so weiter waren, wir hatten nur so getan als ob, weil es damals Mode war, wenigstens niedergeschlagen und hoffnungslos und von der Gesellschaft kaltgestellt zu sein. Ich versuchte Carola zu erklären, dass sich mein Leben verändert hatte, aber ich drang nicht durch. Carola kicherte leise, empfing für etwa eine halbe Stunde unsere gemeinsame Begehrlichkeit, dann schliefen wir ein.

Ich fuhr mit der U-Bahn ins Zentrum, weil ich in der Stadt genauer nachdenken und mich deutlicher erinnern konnte. Aber in der U-Bahn fühlte ich mich abgestoßen, weil zu viele Leute mit ihren Hunden, Fahrrädern, Kinderwagen, Rucksäcken, Rollern und Wolldecken unterwegs waren. Eine Frau hatte ein kleines weißes Hündchen auf dem Schoß. Das Tier leckte die Hand der Frau, die Frau zog ihre Hand nicht zurück. Eine andere Frau putzte ihrem Hund sogar die Ohren; der Hund saß in einem Kinderwagen und hielt still. Das Gehabe mit den Tieren ging mir zu weit, nach zwei Stationen verließ ich die U-Bahn. Allein durch meinen Widerwillen gegen Hunde und Fahrräder und Rucksäcke kam ich mir schon vielbeschäftigt vor. Dort, wo ich die U-Bahn verließ, riss ein Bagger die Straße und den Gehweg auf. An der Vorderfront eines Bürohauses wurden die Fensterrahmen ausgetauscht und neue Stahlrahmen mit einer Säge zurechtgeschnitten, was einen unaussprechlichen Lärm verursachte. Ich ging an der offenen Doppeltür einer Parfümerie vorüber und atmete den Chemiegeruch von Feinseife und Haarspray ein. Ringsum sah ich zahlreiche vernachlässigte Menschen, viele ebenfalls mit Rucksäcken und zusammengerollten Kunststoffdecken unter dem Arm. Zum Glück fiel mir ein, eine Bio-Bäckerei zu betreten und ein halbes Schweizer Dinkelbrot zu kaufen. Carola schätzte Dinkelbrot, und weil ich sogar längere Wege zurücklegte, um zu einem Dinkelbrot zu kommen, hatte ich bei Carola den Ruf besonderer Fürsorge. Es war sinnvoll, immer nur ein halbes Dinkelbrot zu kaufen, weil wir anderenfalls gegen die schnelle Eintrocknung eines ganzen Brotlaibs hätten anessen müssen.

Meine Hemmung, nicht rechtzeitig verspeiste Lebensmittel in den Mülleimer zu werfen, war von der langanhaltenden Nachkriegsarmut meiner Eltern übrig geblieben. Mit dem Dinkelbrot in der Hand betrat ich später eine kleine Galerie. Die hier ausgestellten Bilder waren nicht aufregend, es handelte sich um Collagen mit gemischten Materialien, geschmackvoll, tauglich für jedes moderne Wohnzimmer, das war schon fast das Problem. Ich verließ die Galerie, und als ich draußen war, störte es mich plötzlich, dass der Bürgersteig zur Straße hin schräg abfiel. Ich litt an meiner wieder auftauchenden Überempfindlichkeit und wollte nach Hause. Im leisen Gemurmel meiner Angegriffenheit suchte ich die nächste U-Bahn-Station. Du gehörst jetzt zu den Leuten, die wegen ihrer pickelig gewordenen Haut nach Hause fahren, höhnte ich über mich. Meine Schlichtlösungen passten nicht zu meinem Verlangen nach Bedeutsamkeit. In der U-Bahn störte mich, dass junge Mädchen schon wie erwachsene Frauen lachten. Um meine Gereiztheit zu schlichten, betrachtete ich eine etwa vierzigjährige Frau, die sich vor aller Augen die Hände eincremte und dann die Handinnenflächen aneinander rieb. Ihre Bewegungen erinnerten mich an Sibylle, meine frühere Ehefrau. Sie war vor vielen Jahren plötzlich an einer Hirnblutung gestorben. Eine solche Blutung überlebt ein Mensch nicht lange, erklärte mir später der Arzt. Sibylle hatte einen Kurzurlaub an der Schweizer Seite des Bodensees verbracht. Eines Nachmittags saß sie eine Weile auf dem Balkon ihres Hotelzimmers, nicht lange, dann wandte sie sich zurück in ihr Zimmer (so die Rekonstruktion des Arztes), weil ihr plötzlich übel geworden war. Vermutlich wollte sie sich auf das Bett legen, was ihr nicht mehr gelang. Einen Schritt vor dem Bett stürzte sie nach vorne, landete mit dem Oberkörper auf dem Bett und starb nach etwa zehn Minuten.

Ich versuchte darüber nachzudenken, warum die Sexualität zwischen Carola und mir nicht mehr besonders verlockend war und warum wir darüber nicht sprachen. Vermutlich hatte Carola Angst, dass die Sexualität zwischen uns bald endgültig einschlafen würde. Ich hatte diese Angst ebenfalls; meine Hemmung, über die Angst zu sprechen, war fast noch mächtiger als die Angst selber. Deswegen war ich beinahe sprachlos, als Carola an einem Sonntagnachmittag zu einem erstaunlichen Vorstoß ausholte. Wir lagen halb nebeneinander, halb übereinander, Carola hielt mein Geschlecht in der Hand, ich suchte mit dem Gesicht den Platz zwischen ihren Brüsten, war dabei etwas irritiert, weil ich plötzlich roch, dass Carola ihre Brüste eingeölt hatte, was ich von ihr nicht gewohnt war. Eine halbe Minute später wurde deutlich, was Carola im Sinn hatte. Sie legte sich mein Geschlecht zwischen die Brüste, presste diese von links und rechts zusammen: mit dem Penis in der Mitte. Jetzt war auch klar, warum sie ihre Brüste eingeölt hatte. Der Penis sollte es zwischen den Brüsten leicht haben, sich auf und ab zu bewegen. Zwischendurch plagte mich der Argwohn der Eifersucht, weil ich mir wegen des problemlosen Ablaufs des Experiments sagen musste, dass ich nicht der erste Mann sein konnte, mit dem Carola diesen Busenakt ausführte. Wir blieben zusammen bis zum Schluss; es irritierte mich, dass ich den Samen links und rechts ihres Halses abfließen sah, aber ich konnte auch nicht aufhören, mir dieses neuartige Verlaufsbild anzuschauen und sogar Dankbarkeit dabei zu empfinden.

Zwei Tage später rief mich die Frau vom Besetzungsbüro des Rundfunks an. Sie fragte, ob ich Zeit hätte, einen Roman einzulesen. Einen ganzen Roman? fragte ich zurück. Einen ganzen Roman, war die Antwort. Ja, selbstverständlich, sagte ich. Das ist nett, sagte die Frau. Wann soll's denn losgehen? fragte ich. Gegen Monatsende, also etwa in zehn

Tagen. Ich danke der Anstalt, sagte ich voller Ironie, die vermutlich nicht ankam. Ich hatte bisher immer nur kürzere Texte eingelesen, einen ganzen Roman noch nie. Ich ließ mich aus Dankbarkeit in einen Sessel sinken. Zur Zeit verdiente ich nicht allzu üppig und hatte seit längerer Zeit endlich wieder einmal das Gefühl, dass ich mitten im Leben stand und von mir beeindruckt war. Ich blickte auf die weich und langsam auf und ab wippenden Äste der Platane im Hof. Amseln stießen ihre Trillersequenzen in den Frühabend. Dann kam die Bewegung der Äste momentweise zum Stillstand, nur noch ein paar einzelne Blätter zitterten hin und her oder auf und ab. Eine Elster flatterte herbei und ließ sich auf einer leicht durchhängenden Leitung nieder. Mir fiel ein, dass ich heute nicht ein einziges Mal den Satz gedacht hatte: So, wie es jetzt ist, kann es nicht bleiben. Außer Carola kannte ich noch eine andere liebenswerte Frau, namens Hanna. Es gab nichts zwischen uns, aber wir waren sozusagen seit Jahren bereit, dass jederzeit eine Liebesgeschichte losbranden könnte. Diese sich aufsparende Bereitschaft war vielleicht das Beste, was mir bisher zugestoßen war. Wir mussten zuweilen ein wenig lachen, wenn wir uns zufällig sahen und nicht glauben mochten, dass es ein sich selbst so kompliziert verweigerndes Paar wie uns beide überhaupt gab. Gleichzeitig machten uns auch die nicht angetasteten Liebesenergien zufrieden, was ich nicht verstand. Hanna reizte mich dann und wann mit der Frage, wann Carola endlich schwanger und was dann geschehen würde. Ich schwieg, weil die Frage tatsächlich ins Zentrum unserer Intimität vorstieß. Ich hatte Angst vor einer solchen Zuspitzung; wir waren, was Verhütung betrifft, nachlässig geworden, was auch die Verständigung zwischen uns einschloss. Ich wunderte mich oft, dass wir über unsere Sorglosigkeit nicht einmal redeten. Aber es gab ja auch Zufälle, die nicht eintraten. Weil wir über diesen Punkt nicht redeten, wusste ich auch nicht, ob sich Carola vielleicht ein Kind wünschte, und wenn ja, wie heftig. Ihr Schweigen war für mich ein Symptom. Ich war argwöhnischer als Carola. Zum Beispiel beunruhigte es mich, dass sie manchmal erst lange nach Mitternacht vom Training zurückkehrte. Ich glaubte nicht, dass Carola eine feste Beziehung zu einem anderen Mann unterhielt. Eher neigte sie dazu, Gelegenheiten auszunutzen. Aus eigener Erfahrung wusste ich, dass Untreue in der Regel nicht geplant wird. Sie geschieht, wenn Erschöpfung, Gleichgültigkeit und eine plötzliche Chance überraschend ineinander greifen.

Ich ließ ein paar Tage verstreichen, ehe ich Carola sagte, dass ich zum ersten Mal einen *ganzen* Roman einlesen würde. Sie war gewohnt, dass ich über meinen Beruf ein wenig herablassend sprach, zuweilen fast verächtlich, was Carola nicht recht war. Sie meinte, ich sollte auf jeden Fall zum Theater zurück, schon meiner Selbstachtung wegen. Das war gut gemeint, berührte mich aber nicht wirklich. Das Radio war für mich ein Teil des Weltgeräuschs, das täglich um uns war, nicht mehr und nicht weniger. Ich wollte allenfalls auch als Moderator eingesetzt werden, aber Moderator ist kein Lehrberuf. Man wird es aus eigener Anstrengung oder aus Zufall. Einmal hatte ich mich an die Frau im Besetzungsbüro herangemacht, ließ es aber bald wieder, als ich hörte, dass sie in festen Händen war, ausgerechnet in denen eines von ihr selbst heftig angepriesenen Schauspielers. Ich beschuldigte mich damals, weil ich nicht eine der Frauen, die ich damals liebte, geheiratet hatte;

eine von ihnen rief mich noch heute manchmal an. Sie war ihrerseits längst verheiratet und froh, dass sie sich von mir gelöst hatte, ehe sie Opfer meines Zögerns hatte werden können. Wer einen überreifen Zeitpunkt versäumt, sagte sie, kann eine von ihm ausgewählte Frau nur noch zerstören. Obwohl ich wusste, dass für kleinbürgerliche, oft berufslose, ängstliche Frauen der natürliche Endpunkt einer Mann-Frau-Geschichte die Ehe ist, war ich über diesen Standpunkt wieder einmal sprachlos.

Schon suchte ich meine Einkaufstasche, füllte sie mit leeren Flaschen, steckte etwas Bargeld ein und ging für eine halbe Stunde in den nahen Supermarkt. Bald danach lud mich Carola zum Abendessen bei ihren Eltern ein. Oh danke, sagte ich ein wenig matt. Obwohl Carola schon fast vierzig war, waren ihre Eltern noch am Leben. Ich ahnte, dass ich bei ihrem Vater vermutlich kein besonderes Ansehen genoss. Ich war bis dahin nur dreimal von ihren Eltern eingeladen worden. Die Mutter hatte sich jedesmal zurückgehalten, aber der Vater konnte seine Unruhe, die dann und wann in Misstrauen umschlug, kaum unter Kontrolle bringen. Carola war in seinen Augen für den Start in eine erste Ehe nicht mehr jung genug; ich selbst war, was beruflichen »Aufstieg« und Einkommen betraf, auch nicht mehr erste Wahl. Was wirst du anziehen? hatte mich Carola gefragt. Muss ich im Anzug kommen? Wenn es dir nicht zu viel ist, sagte Carola und kicherte. Ihr vergnügtes Lachen war ein unverhüllter Hinweis, die Einfühlung in ihren Vater nicht allzu ernst zu nehmen. Ich hatte damals drei Anzüge, von denen zwei nicht mehr problemlos waren. An beiden lockerte sich da und dort das Futter, die Ärmel begannen zu fädeln. Trotzdem scheute ich mich, die Anzüge wegzuwerfen. Ich stand vor dem Kleiderschrank und sagte wie eine Frau zu meinen Anzügen: Ich habe nichts anzuziehen. Denn ich hatte begonnen, Carolas Vater gefallen zu wollen. Nur wenn Carola und ich allein waren, machten wir uns über die Ehe lustig und fühlten uns wohl dabei. Ich zog den dritten Anzug an, der noch fast neu war und den ich deswegen nicht besonders mochte. In diesem tollen Ding kann ich mich glatt verloben, spottete ich und ärgerte mich darüber. Carolas Mutter trug aus der Küche eine große Schüssel Salat in das Zimmer. Der Vater öffnete eine Flasche Rotwein und bat uns, Platz zu nehmen. Carola nahm mich an der Hand und plazierte mich neben ihr. Ein weiteres Paar, das ich nicht kannte, sollte damals noch eintreffen, aber der Vater sagte, dass wir schon mal anfangen könnten. Weil ich nicht wusste, ob nach dem Salat ein weiterer Gang auf uns wartete, war ich zurückhaltend. Der Vater nahm sein Glas in die Hand und sagte: Prost auf das glückliche Paar! Der Spruch gefiel mir nicht, er war für mich eine kaum verhüllte Drohung. Die Mutter nahm sich den Teller ihres Mannes, füllte ihn mit Salat und verkündete, dass es hinterher eine Languste gebe. Da sagte der Vater zu mir: Können Sie mit Ihrem Beruf eine Familie ernähren? Es war lustig gemeint, aber der Spaß funktionierte nicht, was bei Carolas Vater nicht neu war. Ich an deiner Stelle würde auf diese Frage nicht antworten, half mir Carola. Mir fiel ein Spruch ein, den ich gerne gesagt hätte: Wer altert, hört auf zu planen. Aber diese Antwort hätte auch Carola nicht gefallen, also sagte ich nichts und sah Carola dabei zu, wie sie mir noch etwas Salat auf den Teller legte. In Wahrheit traf die Frage des Vaters auf eine Weise ins Schwarze, die der Vater selbst nicht ahnen konnte. Carola hatte mich vor Jahren mit dem Wunsch nach zwei Kindern erschreckt; allerdings war Carola einsichtig und räumte ein, dass sie dann »hinzuverdienen« würde. Danach brach unser Gespräch ab, weil die anderen Gäste eintrafen; ein junges Paar, die Frau hochschwanger.

Carolas Vater begrüßte die beiden und führte sie zu ihren Plätzen. Ein paar Augenblicke war ich neidisch auf das Naturschicksal des Paares, was ich selbst nicht verstand. Der Vater schob sich ein Stück der Languste auf den Teller. In Carolas Gesicht war zu erkennen, dass sie mit dem Verhalten ihres Vaters (zu schnelles Essen und Trinken) nicht einverstanden war. Ich fühlte eine Bedrückung in der Brust. Ich fasste an meine linke obere Körperhälfte, aber dort spürte ich nichts Beunruhigendes. Es war mir recht, dass ich sichtbar alterte. Diese Veränderung schien mich vor zu weit gehenden Erwartungen zu schützen. Carola enthielt sich jeglichen Kommentars. Das Verlangen nach Sexualität verschwand von Jahr zu Jahr ohne Angabe von Gründen; auch ich hatte kein Bedürfnis, über dieses Thema zu sprechen. Die jungen Sprecherinnen, die ich bei Funkaufnahmen traf, betrachtete ich ohne Begehrlichkeit. Ich stand manchmal wie ein vergessenes Gestell herum, das nach einem Antrieb suchte. Denn gleichzeitig fiel mir auf, dass meine Kollegen, auch ältere, immer noch so taten, als würden sie beinahe täglich vom Sex durchgeschüttelt. Ich glaubte, dass das Lügenmüssen mit dem Älterwerden gleichzeitig zunahm und dass die Betroffenen darüber so fassungslos waren wie … wie … ach, mir fiel kein Vergleich ein. Ich nahm an, dass sich auch Carola vom Sex verabschiedete und darüber genauso ungerührt war wie ich. Wir hätten vermutlich darüber reden können, wenn uns nicht die Scham gehindert hätte. Der Knebel der Scham, vermischt mit einer noch unerklärbareren Schuld, erlaubte oft nicht einmal Blicke. Weil ich meinte, das alles nicht länger ertragen zu können, bedrängte ich Carola oft viel zu überraschend. Wahrscheinlich machte ich dabei keine gute Figur. Carola wich zurück oder wehrte mich sogar ab. Wir haben vereinbart, dass wir das lassen, sagte sie. Das hast du mit dir selber vereinbart, sagte ich, mit mir nicht, so etwas würde ich niemals vereinbaren. Ich war so zerknirscht, dass ich oft nicht schlafen konnte und mich dann allein auf den Balkon setzte. Die Leute auf den anderen Balkons redeten und hörten Musik und lachten und tranken. Ein Mann hustete beim Reden und Lachen immer wieder dazwischen. Ich war so kleinmütig, dass ich schon zufrieden war, wenigstens nicht husten zu müssen. Nach einer halben Stunde verließ ich den Balkon und legte mich neben Carola ins Bett. Sie umarmte mich mit beruhigender Zartheit und flüsterte mir etwas zu, was ich nicht verstand, weil sie mit den Lippen zu nah an meinem Ohr war. Nach einer Weile ließ ihre Lebendigkeit nach, dann sagte sie nichts mehr, drehte sich um und schlief ein.

Zwei Tage später wäre ich beinahe zwei Rundfunkkollegen begegnet, wenn ich ihnen nicht vorher ausgewichen wäre. Sie hatten das typische Schauspielergehabe an sich. Ich fürchtete, die beiden hatten mein Manöver bemerkt und nicht verstanden; ich verstand es selbst nicht, weil ich dem Rundfunk nicht nur des Broterwerbs wegen verbunden war, sondern auch als bekennender Hörer. Nachmittags um 16.50 Uhr begann im Radio jeden Tag ein Konzert, das ich nicht gern versäumte, obwohl dabei selten etwas Neues gesendet wurde, sondern immer nur die alten Hits, von denen ich kaum genug kriegen konnte, also das Beste von Bach, Mozart, Haydn, Mendelssohn und so weiter. Ich würde etwa eine Stunde früher nach Hause kommen, damit ich noch ein wenig schlafen konnte, um dann die Taste zu drücken. Meine Nachmittage kamen mir altmodisch vor; wo blieb in diesem Muster das bedeutsame Leben? Carola glaubte, dass ich neue Rollen lernte oder mich mit schwierigen Texten vertraut machte. Manchmal schlief ich auch nicht, sondern stellte mich ans Fenster und betrachtete die armen Leute auf der Straße. Vermutlich bewältigte ich dabei meine Angst, dass ich eines Tages selbst den Griff in die Abfallkörbe nötig haben könnte. Oder ich beobachtete einen Mann, der Prospekte in die Briefkästen steckte. Er schob einen riesigen Einkaufswagen, den er aus einem Supermarkt entwendet haben musste, vor sich her. Im Inneren verteidigte ich den Mann, obwohl ich ihn gleichzeitig verspottete. Es half mir nicht, dass ich mich dabei selbst nicht leiden mochte. Kurz darauf entdeckte ich ein Wort, das ich schon lange nicht mehr gelesen hatte: Auf die Backsteinmauer gegenüber hatte jemand mit Kreide das Wort Fotze geschrieben. Meines Wissens schrieb man das Wort mit V, aber in diesen Augenblicken wusste ich es selbst nicht genau. Ich kannte das Wort seit meiner Jugend, weil ich es selbst zuweilen an Hauswände und Mauern geschrieben hatte. Ich wusste damals nur ungefähr, wie eine Votze aussah, wurde aber übermannt von dem Gefühl, dass ich, indem ich das Wort lesbar irgendwohin schrieb, zu den Wissenden gehörte. Hinterher, wenn das Wort geschrieben war, zählte ich zum fortschrittlichen Teil der Menschheit, was mir damals mit keiner anderen Handlung gelang.

In der Humboldt-Straße traf ich am Spätnachmittag

einen Schulkameraden, der mich nicht wiedererkannt hätte. Ich erinnerte mich an sein grobes, kantiges Gesicht und sein nass zurückgekämmtes Haar. Sein Vater besaß eine große Kohlenhandlung, weswegen der Sohn oft gehänselt worden war. Jetzt war von diesem Schülerspuk nichts mehr übrig.

Ich bin dir bis heute verbunden, sagte ich, weil du mich fast täglich hast abschreiben lassen; erinnerst du dich?

Er nickte und lachte.

Morgens, wenn wir das Klassenzimmer betraten, bat ich dich um deine Hausaufgaben, und du hast dich nie verweigert.

Er schmunzelte und sah auf den Boden.

Viel Zeit zum Abschreiben hatte ich nicht, sagte ich, ich schrieb in rasender Geschwindigkeit. Das Problem war nur: Beim schnellen Abschreiben verstand ich nicht, was ich abgeschrieben hatte.

Das merkte auch der Lehrer, sagte er.

Genau, sagte ich. Er rief mich im Unterricht auf und wunderte sich, warum meine Hausaufgaben in Ordnung waren, ich aber selbst stumm war wie ein Kohlenkeller.

Der Lehrer hatte weißliche Speichelreste in seinen Mundwinkeln, worüber sich viele Schüler lustig machten. Er war schwach, hilflos, ohne die geringste Autorität. Erinnerst du dich?

Ich nickte kommentarlos.

Erst jetzt fiel mir ein, dass ich meine Stummheit mit einem Kohlenkeller verglichen hatte. Plötzlich erschien es mir naheliegend, dass der Sohn eines Kohlenhändlers, der vor mir stand und jetzt nichts mehr sagte, aufgrund dieser Anspielung vielleicht beleidigt sein könnte.

Tatsächlich verabschiedete er sich rasch und war schnell verschwunden. Kaum war er weg, erinnerte ich mich an andere Schulfreunde, besonders an Günther, der viele von uns zu seiner Konfirmationsfeier eingeladen hatte, an der auch der Sohn des Kohlenhändlers teilnahm. Im Verlauf dieser Feier fasste ich zum ersten Mal einem Mädchen in die Bluse. Das Mädchen hatte kaum Busen, aber das machte nichts. Wichtig war nur der Griff in die Bluse, das Umherstreifen der Hand unter dem fremden Stoff. Der Sohn des Kohlenhändlers beobachtete mich unablässig und war, wenn ich mich nicht falsch erinnerte, entsetzt. Es war, als hätte er soeben zum ersten Mal mit eigenen Augen gesehen, was man mit einer Hand alles machen konnte. Dann sah er auch noch, wie ich das Mädchen küsste. Unsere Gesichter wurden schnell heiß, weil der Kuss misslang. Wir hatten nicht gewusst, dass wir beim wirklichen Küssen den Mund zu öffnen hatten. Kurz darauf bildete ich mir auch noch ein, dass meine Lippen vielleicht bluteten. Ich rannte ins Badezimmer und sah, dass ich nicht blutete. In ruhiger Ratlosigkeit ging die Feier zu Ende.

3 Das Restaurant, in dem wir zuweilen zu Mittag aßen, nannte ich ein Rentnerlokal, weil überwiegend alte, grauhaarige Leute an den Tischen saßen, was meine Stimmung beeinträchtigte. Es entstand das Gefühl, dass ich auf ungeklärte Weise in der Kantine eines Altersheims angekommen war. Eine ganz andere Irritation enthüllte sich mir am Abend. Wie immer, wenn Carola bei mir übernachtete, hatte sie die kleine Lampe mit einer 35-Watt-Birne eingeschaltet, die ein schwaches angenehmes Licht ausstrahlte. Außerdem entdeckte ich in dieser Nacht, dass ich bis dahin einer falschen Annahme aufgesessen war. Ich hatte angenommen, dass Carola immer nur eine intime Atmosphäre in unserem Schlafraum schaffen wollte. In dieser Nacht entkleidete sich Carola vollständig, womit sie mir einerseits eine Freude machte, mich andererseits einem Schrecken nahebrachte, der mich, wie sich in der Folgezeit herausstellte, dann auch nicht mehr verließ. Ich hatte geglaubt, dass Carola nur auf einer Schulter ein Tattoo trug. Jetzt sah ich, dass sie sich den ganzen Rücken hinunter bis zur Hüfte ein zusammenhängendes Tattoo hatte spritzen lassen, dessen Anblick mich verwirrte. Zunächst lagen wir im Bett und vertrödelten die angefangene Nacht mit einer sich in die Länge ziehenden Schmuserei. Dann drehte sich Carola um, wahrscheinlich ohne die Absicht einer Enthüllung, und ich sah, dass aus ihrem Rücken ein verschlungenes Groß-Tattoo geworden war, das ich weder sehen noch entziffern wollte. Das erwünschte Ergebnis zeigte sich bald: meine Erektion, sonst verlässlich, wandte sich von Carola und mir gleichzeitig ab und ließ uns in einer unschönen Überforderung zurück. Den Rest der Nacht (fast fünf Stunden) verbrachte ich schlaflos, unruhig, nervös. Die erste Stunde ging hin im Gefühl der Ohnmacht, die zweite in der Überzeugung der Absurdität, die dritte in einem sich immerzu erneuernden Schreck und die letzten beiden Stunden im schwarzen Loch der Wehrlosigkeit. Carola lag die ganze Zeit ruhig neben mir und schlief. Wie immer trug sie ihr Haar offen, und wie meistens musste sie wenigstens dreimal auf die Toilette und schaltete dafür kurz die Nachttischlampe an, so dass ich mehrmals Gelegenheit hatte, im Vorüberhuschen ihren verunzierten Rücken zu betrachten. Schmerzlich veraltet erschien mir mein Wunsch nach einem bedeutsamen Leben. Ich wollte doch naturnah leben, wie eine Amsel von Baum zu Baum hüpfen und das menschliche Verlangen nach Größe und Eindrücklichkeit vergessen. Einmal träumte mir, dass mir ein Zahn wackelte. Ich weiß nicht mehr, wo ich gelesen hatte, dass ein verschwindender Zahn ein Hinweis auf baldigen Tod sei. Am Morgen trat ich vor den Spiegel und überprüfte jeden einzelnen Zahn, ob er noch fest im Kiefer saß. Kein einziger Zahn wackelte.

Das Frühstück war für mich schwierig geworden. Carola trug zwar ihr T-Shirt, so dass ich ihre Körperverzierungen nicht sehen musste. Dafür war sie sonderbar kampflustig und aggressiv. Sie warf mir vor, dass meine häuslichen Sitten mehr und mehr verwahrlosten. Ich war beinahe fassungslos. Konnte sie ein Zeichen oder einen Grund für meine angebliche Verwahrlosung nennen?

Sie sagte: Der Grund ist meiner Meinung nach dein mehr und mehr vergammelndes Leben.

Ich war erneut fassungslos.

Sie sagte: Wenn du ein Buch loswerden willst, das ein oder zwei Wochen lang halb gelesen auf dem Boden herumlag, dann gibst du dem Buch einen Kick, so dass es unter das nächste Regal rutscht und dort vergessen wird.

Du irrst dich, antwortete ich, ich vergesse das Buch keineswegs. Wenn ich in dem Buch weiterlesen will, erinnere ich mich an die Stelle, wo ich es unter welches Regal gekickt habe, und hole es wieder hervor.

Du schwindelst, sagte Carola und lachte.

Ich schwindle nicht, sagte ich, wir können sofort die Gegenprobe machen.

Carola lachte erneut und sagte: Du bist wie ein kleiner Junge, der im Augenblick, wenn er beim Schwindeln erwischt wird, noch toller drauflos lügt.

Und du bist eine rechthaberische Lehrerin, sagte ich, die auch dann, wenn sie zu weit gegangen ist, keinen Zentimeter zurückweichen und sich nicht entschuldigen will.

Wenn ich mich nicht täuschte, war Carola verblüfft über meinen Widerstand, den sie nicht von mir gewohnt war.

Zeige mir eine beliebige Stelle meiner Regale, sagte ich, und verlange von mir, Titel und Verfasser des Buches zu nennen, das ich da oder dort unter das Regal gekickt habe.

Also gut, sagte sie und führte mich an das Fensterende des Regals in meinem Arbeitszimmer. Schon auf dem Weg dorthin erinnerte ich mich, dass das Buch, das ich dort unter dem Regal hatte verschwinden lassen, der Roman »Zärtlich ist die Nacht« von F. Scott Fitzgerald war; ich nannte Titel und Verfasser.

Carola bückte sich und holte verblüfft das total eingestaubte Taschenbuch »Zärtlich ist die Nacht« hervor.

Du hast noch zwei Versuche, sagte ich.

Carola gab sich noch nicht geschlagen. Sie führte mich ins Schlafzimmer, stellte mich ungefähr in die Mitte des Regals und fragte: Welches Buch liegt hier im Staub?

Ich antwortete: Hier liegt der Roman »Fluchtpunkt« von Peter Weiss.

Ich holte ein Papiertaschentuch, bückte mich, entstaubte das Buch, schlug es auf und las den erstbesten Satz vor: »Ich hatte die Freiheit, das Losgerissensein fruchtbar zu machen, oder darin zu verrecken«.

Carola seufzte. Geht es so weiter? fragte sie.

Mehr oder weniger, sagte ich. Wir gingen in die Küche, wo ebenfalls ein hohes und breites Regal stand. Bösartig schob mich Carola an eine Stelle, an der sogar die spitzen Ecken von zwei am Boden liegenden Büchern sichtbar waren. Carola hatte wieder kein Glück.

Ich sagte: Das Buch links ist der Roman »Ediths Tagebuch« von Patricia Highsmith, das Buch daneben ist der Roman »Zeit und Ort« des Russen Jurij Trifonow. Das sind übrigens zwei hervorragende Titel, die ich dir empfehlen kann. Carola bückte sich, nahm die Bücher, fuhr mit der Hand über die Cover und warf sich mir an den Hals.

Ich nehme alles zurück, sagte sie; sie öffnete mein Hemd und küsste mir wie einem Kind die Brust.

Unsere Auseinandersetzungen über ihre Tattoos rissen nicht ab. Ich prophezeite ihr erneut, dass ihre Körperverzierungen nicht mehr verschwinden.

Das ist nicht wahr, sagte Carola, Tattoos kann man entfernen.

Irgendein Tattooist hat dich angeschwindelt, sagte ich, weil er spitz auf dein Geld war.

Eine knappe Stunde später besuchte ich ein sogenanntes Tattoo-Studio. Ich traf dort auf einen jungen Mann, der mir erklärte, dass Tattoos so fest sitzen wie Steine am Meeresgrund. Der Mann beschrieb den Vorgang des Tattooierens, was ich mir nicht gerne anhörte, weil ich mich zu ekeln begann. Dabei wollte ich mir diese Einzelheiten merken, um bei der nächsten Auseinandersetzung eine bessere Figur zu machen. Ohnehin ängstigte mich seit einiger Zeit die Sorge, dass ich vieles zu schnell vergaß. Ich hatte begonnen, mir gewisse Zeitungsartikel über komplizierte Ereignisse auszuschneiden, weil ich die meisten von ihnen schon einen Tag später vergessen hatte. Wer die Phase verpasst, in der ein neues Wort in aller Munde ist, war für immer zu spät dran. Es gab Tage, an denen ich nicht mehr wusste, wann meine Eltern Geburtstag hatten; war es im November oder im Dezember? Leider gab es auch noch eine andere, bösartigere Neuigkeit, die mich an das beginnende Alter erinnerte: der Geiz. Carola und ich besuchten etwa alle vierzehn Tage ein teures Restaurant, was Carola in gute Laune versetzte. Ich fürchtete schon, dass ich bei diesen Gelegenheiten meinen momentweise sichtbar gewordenen Geiz nicht verbergen konnte. Das Mittagessen mit Nachtisch, Getränken und Kaffee kostete für uns beide nicht unter achtzig Euro, was mir eigentlich zu viel war. Ich spielte dann den Gönner, was meine schlechte Laune noch verstärkte. Danach tröstete ich mich mit papierenen Beschwichtigungen, die ebenfalls gefälscht waren. Danach beschimpfte ich mich: Es kann doch nicht sein, dass dein Privatkonto deine einzige Freude geworden ist. Dabei war Carola eine sensible Frau, die Nachhilfe in Einfühlsamkeit nicht nötig hatte. Oft schaute sie umher und prüfte, ob ein

Ort oder eine Gegend nicht zu laut, zu hässlich oder zu schmutzig war. Sie kaufte von Zeit zu Zeit schöne Kerzen, zündete sie zu Hause an und schaute zu, wie die Flamme allmählich kleiner wurde und die von ihr geschätzte Stimmung einer in Schach gehaltenen Trauer entstand. Ich schaltete die Nachrichten im Radio an, aber ich merkte rasch, es interessierte mich kaum noch, was in der Welt geschah, und schaltete das Radio ab.

Sofort war jetzt wieder *diese* Stille in der Wohnung. Ich überlegte, ob ich auf den Flohmarkt gehen wollte oder auf den Antik-Markt nach Eschborn oder auf die Gerümpel-Messe nach, ach, mir fiel der Ort nicht ein. Aber dann diskriminierte ich (stumm, für mich allein) das Wachpersonal in den U- und S-Bahnhöfen. Wahrscheinlich handelte es sich bei diesen Männern um Arbeitslose oder Berufslose, die ihre allerletzte Chance wahrnahmen, zu regelmäßigen Einkünften zu kommen. Sie trugen uniformähnliche Jacken mit Gürtel- und Ledermäppchen am Bund und waren der Lächerlichkeit nahe. Sie standen (stehen) herum und liefen mal dahin und mal dorthin und gaben sich keine Mühe, irgendjemanden zu beeindrucken. Dabei gingen sie der wichtigen Tätigkeit nach, die Arbeitslosenzahl niedrig zu halten. Wenn etwas anfängt, schwierig zu werden, dachte ich vor mich hin, kann es nur noch schwieriger werden. Aus Langeweile begann ich, ahnungslose Wörter zu verunstalten. Aus dem Wort Heimat macht ich Schleimat, eine bösartige Entgleisung, die ich niemandem erzählen konnte. Mein zweiter Versuch war das Wort Entdeckung, aus dem bei mir Enteckung wurde. Wenn die Welt plötzlich ohne Ecken wäre, würde sich über das Wort Enteckung niemand wundern. Dieser Tage kündigte Carola an, dass sie, falls es je nötig sein würde, bereit wäre, mich im Rollstuhl umherzufahren. Ich war verblüfft und entsetzt, aber es gelang mir, meinen Schrecken für mich zu behalten. Unheimlich war nicht, dass Carola das Unglück hinnahm; sondern grauenvoll war, dass sie glaubte, ein Unglück wäre keines, wenn sie es umherfuhr. Vor kurzem erst hatte ich in einer Metzgerei eine Frau im Rollstuhl beobachtet. Es war schon mühsam für sie, überhaupt die Stufe am Eingang der Metzgerei zu überwinden. Dann fuhr sie die Theke entlang, bedeutete mit dem Finger, was sie haben wollte, rollte zur Kasse und wieder hinaus. Entsetzlich war, dass für alle anderen Leute (auch für mich) die Frau im Rollstuhl eine Art Clownsnummer vorführte, ohne es auch nur für einen Augenblick zu bemerken.

Zwei Stunden später sah ich wieder Tomatenflecke auf meiner Jacke. Das heißt, Carola entdeckte sie – und lachte. Du siehst aus wie jemand, den sowieso niemand anschaut, wenn er das Heim verlässt. Das Heim verlässt? fragte ich; was meinst du damit? Carola antwortete nicht. Ihre Bemerkung löste in mir einen Kurzfilm mit Katastrophenbildern aus. Ich sah die zunehmende Zerlumptheit der Menschen, ich sah Obdachlose, Behinderte, Alkoholiker, Bettler, ich roch körperliche Selbstvernachlässigung. Danach zeigte mir mein innerer Film Straßenkämpfe, eine soeben bekanntwerdende Geldentwertung, ein rabiat werdendes öffentliches Elend, Hausfrauenprostitution an jeder dritten Ecke. Kurz danach verlangte Carola nach Schokolade. Wo sollte ich jetzt Schokolade hernehmen? Immerhin, das Verlangen nach Schokolade zeigte, dass Carola wieder freundlichere Gedanken hatte. Danach hörten wir das aufsteigende Geräusch eines vorbeirumpelnden Müllwagens. Ich verließ den Tisch und eilte zum Fenster. Das Fahrzeug hatte hinten einen weit geöffneten Müllrachen, in den fixe Männer verpisste Matratzen, ausgediente Laufställchen für Kleinkinder, Kunststoffplatten, Bügelgestelle in hohem Bogen hineinwarfen. Aber warum bestand der Müllwagen hauptsächlich aus einer riesigen, sich immerzu drehenden Trommel, in der der schon eingesammelte Müll unablässig umhergeschleudert wurde? Ein zusammenhängendes bedeutsames Leben gelang mir nicht. Früher oder später brachen belanglose Details in mein Leben ein, dann stand ich plötzlich wieder neben mir und schaute auf die rätselvollen Splitter einer sich nicht zusammenfügenden Existenz. Aus Angst vor plötzlichen finanziellen Engpässen hatte ich mich breitschlagen lassen (nein: ich habe mich selbst breitgeschlagen), am Nachmittag auf dem Land Modeschauen zu moderieren; in den Städten gab es für Modeschauen keine Zuschauer mehr, aber in der Provinz drängelte sich nach wie vor das Publikum. Ort der Handlung war meistens ein größeres Café, der Eintritt war frei. Dass ich in der Provinz arbeitete, war mir angenehm, denn dort kannte mich niemand, und ich musste auch nicht sagen, dass ich eigentlich Schauspieler war und als solcher gelten wollte. Ich erschauerte manchmal, wenn ich im Umkleideraum meinen Smoking anzog und in das gut besuchte Café hinausging, die Leute klatschten und ich den Laufsteg betrat, das Mikro nahm und eine wacklige Begrüßung von mir gab. Kurz danach kam das erste Mannequin, sie hieß Babsi (sie ließ sich so nennen), sie gab mir im Vorbeigehen ein Kärtchen in die Hand, von dem ich ablas, aus welchem Material ihr Kleid gearbeitet war, was es kostete und so weiter. Im Widerstand gegen mein Garderobenhandtuch merkte ich, dass ich auf das ganze Drumherum nicht mehr gut zu sprechen war. Das Handtuch war zu groß, zu blau, zu feucht, zu flauschig, zu eklig, weil schon zu lange im Dienst. Ich konnte nur schwer akzeptieren, dass meine Lebenszeit in einem Landcafé dahinging. Mein Verlangen nach Bedeutsamkeit wurde hier zu einer Karikatur, an der ich auch noch selbst schuld war. Ich verstand nicht recht, ob der Ekel *vor* dem Erlebnis da war oder umgekehrt. Ich staunte über die Verworrenheit der Gefühle und meine Unfähigkeit, Ordnung in die Vorgänge zu bringen.

Ich war dankbar, als mich Carola wenig später auf den Lärm der Krähen aufmerksam machte. Carola räumte den Tisch ab und schlug ihr Bügelbrett auf. Wenn Carola bügelte, konnte ich ihre Erscheinung kaum vom erinnerten Bild meiner Mutter trennen. Carola bügelte ihre Blusen und Teile ihrer Unterwäsche. Es machte ihr nichts aus, wenn ich ihr dabei zuschaute. Als ich mit dem Bus in meine Wohnung zurückfuhr, merkte ich eine Weile nicht, dass mich die Fahrt über das Land verwirrte. Ich erinnerte mich an den Wunsch, mit der Straßenbahn wieder einmal die Strecke abzufahren, die ich als Jugendlicher eine Weile täglich zurückgelegt hatte. Damals fuhr ich zuerst mit der Linie 2 in die Firma, in der ich nach der Berufsschule gearbeitet hatte; später mit der Linie 16, mit der ich meine erste Freundin nach Hause brachte, und zum Schluss mit der Linie 9, mit der ich dann wieder allein nach Hause fuhr zu meinen Eltern, bei denen ich damals noch wohnte. Die Straßenbahnlinien wollte ich nie wieder sehen (es gab sie auch nicht mehr), meine erste Freundin ebenfalls nicht, weil sie mich nicht an sich heranließ, aber dennoch von mir nach Hause gebracht werden wollte. Ich sagte ihr, dass sie sich nicht Abend für Abend von mir nach Hause bringen lassen konnte, ohne mir zu erlauben, während der langen Fahrt unter ihrem dicken Mantel nach ihrem Busen zu suchen. Das heißt, so genau wusste ich nicht mehr, ob ich ihr tatsächlich an den Busen fasste (im Getümmel des Mantels, des Pullovers, der Bluse). Aber ich erinnerte mich auch gern an Vorgänge, die nie geschehen waren.

Plötzlich plagte mich die Idee, dass ich mich (wie eine Frau) von älteren Kleidungsstücken allmählich trennen musste. Ich wollte die abgetragenen Stücke nicht wegwerfen, sondern für immer in einen großen Schrank hängen, damit ich sie gelegentlich anschauen konnte. Carola und ich waren zwei ordentliche Leute geworden, die manchmal miteinander spielten, wie es wäre, wenn sie unordentliche Leute (wie in der Jugend) geblieben wären. Zuerst waren wir eine Weile gespielt entsetzt, weil wir unsere zukünftige Verkommenheit näher kommen sahen. Wir mussten aufpassen, damit uns das Spiel nicht allzu sehr beeindruckte. Dann dachten wir nämlich (und redeten darüber): Wir verelenden tatsächlich, das Spiel ist nur eine Verhüllung. Dann strengten wir uns an, damit die Verkommenheit in ein anderes Spiel übergehen konnte. Im Bett spielten wir Maria und das Jesuskind. Ich war das Jesuskind und Carola war die mich sogar nachts erwartungsfroh stimmende Maria. Carola entblößte eine Brust und hielt mich im Arm. Mit meinen großen Fingern fasste ich nach Marias Brustwarze, genau so, wie wir es auf vielen mittelalterlichen Bildern gesehen hatten. Carola betrachtete mich gerührt wie eine echte Maria. Durch dieses Erlebnis kam ich mir plötzlich wieder bedeutsam vor. Ich hatte heute schon zu viel Geld ausgegeben, mich rasiert, geduscht, mit einem Theater lange telefoniert (ohne Ergebnis), Pläne gemacht, meine Steuerunterlagen an die Steuerberaterin geschickt, einmal onaniert (später, zusätzlich zum Beischlaf), das Urlaubsproblem zu klären versucht, keinen bedeutenden Menschen getroffen, dafür zwei belanglose ausgehalten, jetzt aber, als sich Carola plötzlich löste, wusste ich nicht mehr, was ich denn noch anstellen könnte. Carola markierte einige Minuten lang eine verarmte, glücklose Frau und sagte: Ich hab noch nicht mal eine Tochter, die sich mit mir vergleicht und mir dann Vorwürfe macht. Das sagte eine Frau, die seit weiß Gott wieviel Jahren freiwillig die Pille nahm und jetzt merkte, dass auch diese Rechnung nicht aufging. Wahrscheinlich wollte Carola die Pille gerne absetzen, aber sie traute sich nicht. Sie redete auch nicht mit mir über ihre inneren Drangsale. Man muss es soweit bringen, dass man wegen seines *Ungeschicks* geliebt wird. Auch diesen Satz sagte ich nicht, ich wollte die Lage nicht verschärfen. Stattdessen erinnerte ich mich, wie ich als sechzehnjähriger Lehrling von einer älteren verheirateten Buchhalterin verführt wurde. Sie hatte eine Tochter, ihr Ehemann war Gebietsreisender für eine Computerfabrik und oft unterwegs. Die Verführung fand im Archiv, das heißt im Kellergeschoss der Firma statt und überforderte mich von Anfang an. Da wir beide kurz nacheinander das Archiv wieder verließen und mir dummerweise die Tränen kamen, wurde der Übergriff der Buchhalterin rasch publik. Die Kollegen lachten oder amüsierten sich über die Vorgänge im Archiv und redeten darüber, ob sich die Buchhalterin nicht schämen müsste, sich an einem ahnungslosen Lehrling zu vergehen. Mir entging nicht, dass meine lächerliche Person gehänselt und verspottet wurde. Die Buchhalterin konnte mir auch nicht beistehen, sie war selbst überfordert, weil sie nicht damit gerechnet hatte, dass ich nicht einmal wusste, was ich mit meinem überraschten Geschlecht anstellen sollte. Ich heulte und schloss mich in der Toilette ein. Der Abteilungsleiter sprach mir gut zu und schickte mich nach Hause. Ich sollte auch am nächsten Tag zu Hause bleiben, dann ist die Sache vergessen, sagte er.

Aber wie sollte ich meiner Mutter zu Hause den verkürzten Arbeitstag erklären? Ich sagte nichts, ging nicht nach Hause und stiefelte einen halben und den darauffolgenden ganzen Tag allein in der Stadt umher. Viel später hatte ich den Einfall, dass diese mir plötzlich zugefallene Zeit den Herumstreuner aus mir gemacht hatte, der ich noch heute gerne war. Ich merkte es daran, dass mir noch heute manchmal die Frage einfiel: Wie soll ich das meiner Mutter erklären? Meine Mutter war auch die Mutter meiner Ahnungslosigkeit. Ich argwöhnte zuweilen, dass sie ohnmächtig gewesen war, als sie mich empfangen hatte und deswegen wie eine Nachfahrin von Maria an Gott dachte, als sie ein Kind kriegte, und sonst nichts. Diese Nachwirkung machte mich manchmal so schwach, dass ich mich in ein Café setzte und den ganzen Vorgang (einschließlich der nicht durchschauten Annäherung der Buchhalterin) in allen Einzelheiten durcharbeiten musste. Dass ich viel zu jung war, hatte ich auch daran gemerkt, dass meine Vorhaut noch nicht soweit war, sich für den Geschlechtsverkehr ausreichend dehnen zu lassen. Die Buchhalterin war zwar sanft, aber auch so zielstrebig, dass ich auch diese Hürde nahm. Tatsächlich hatte ich zwei Tage lang Schmerzen und außerdem Angst, weil ich die Schmerzen für den Beginn einer Geschlechtskrankheit hielt. Etwa fünfundzwanzig Jahre später bin ich der Buchhalterin und ihrer erwachsenen Tochter zufällig begegnet. Ich erlitt einen Anflug von Panik, der sich rasch auflöste. Die Buchhalterin war genauso freundlich und gewinnend wie damals und stellte mich ihrer Tochter als einen Kollegen »aus alter Zeit« vor, worüber ich lachen musste.

4 In einer der folgenden Nächte hatte ich plötzlich das Gefühl (den Verdacht, die Anmutung, den Eindruck), dass Carola schwanger geworden war. Es war mir aufgefallen, dass sie in der Nacht mehrfach aus dem Bett sprang und rasch in der Toilette verschwand. Vermutlich war sie über die Schüssel gebeugt und hielt tapfer ihre Übelkeit aus. Wir waren, was Verhütung angeht, nachlässig geworden. Carola hielt sich zugute, dass sie auf die vierzig zuging und in dieser Hinsicht nicht mehr bedroht war; jedenfalls glaubte sie das. Sie selbst hielt den Mund; ihre Schweigsamkeit war für mich ein Zeichen, das mehr als deutlich war, deutlich auch in der zweiten Hinsicht, von *wem* sie eventuell ein Kind hatte. Als die nächtlichen Schwindelanfälle überhand nahmen, übernachtete sie im Gästezimmer, weil es von dort zur Toilette nur drei Schritte waren. Ich traute mich, mich selbst zu fragen, ob ich selbst der Vater sein könnte, und verneinte im Stillen. Ich hatte seit drei oder vier Jahren den merkwürdigen Vorteil (den ich für mich behielt), dass ich zwar Erektionen und Orgasmen hatte, aber nicht immer einen Erguss. Carola war, was Treue anging, nicht zuverlässig. Einerseits gefiel es ihr, dass es zwischen vielen Ehepaaren eine verlässliche Treue gab. Andererseits machte sie sich über diese Treue auch lustig, was mich beunruhigte. Besonders wenn wir mit Freunden zusammensaßen, nannte sie Treue die Selbstverödung von Hausfrauen, über die eine Frau wie sie nur lachen könne. Aber in unserem Bett, wenn wir uns Offenheit erlauben durften, wollte sie von der Selbstverödung der Hausfrauen nichts wissen. Dass mich diese Schwankungen verwirrten, kam ihr kaum in den Sinn. Oder sie erwartete, dass ich mit dieser Doppelbödigkeit fertig werden würde wie die meisten anderen Erwachsenen auch. Freilich hielt ich es auch für möglich, dass Carola durch eine Schwangerschaft eine enge Bindung erzwingen wollte. Es war ihr lieber, wenn die Natur von sich aus ein Verlangen ausdrückte, das sie selbst nur schwer in Worte fassen konnte. Ab dem zweiten oder dritten Monat wurden die Übelkeiten seltener; dafür war Carola schon ab vier Uhr nachmittags so schwach, dass sie kaum noch ihren Sessel verließ und im Sessel oft schon nachmittags einschlief.

Mit meinen arbeitslosen Kollegen bildete sich eine Kameradschaft der Gescheiterten, die ich misstrauisch beobachtete. Das heißt, ich nannte meine Kollegen nicht arbeits-, sondern beschäftigungslos. Darin drückte sich aus, dass wir keine harten Sozialfälle waren, sondern Zufallsbehinderte, die bloß auf andere Gelegenheiten warteten, dann würden wir wieder Geld verdienen wie die anderen auch. Was mich mehr beunruhigte, waren meine deutlicher werdenden Augenringe. Sie hängten sich tiefbraun (mit violettem Einschlag) wie Halbmonde unter meine Augen und verschwanden offenbar nicht mehr. Als Jugendlicher hatte ich schon einmal solche Augenringe, aber damals war ich achtzehn und stolz auf alles, was auf baldiges Erwachsensein hindeutete. Aber heute, fürchtete ich, waren Augenringe dieser Konsistenz nichts anderes als ein Zeichen von kommender Erkrankung. Ich sollte zum Arzt gehen, aber ich wusste nicht einmal, welcher Art von Arzt ich mein Problem klagen sollte. So blieb es dabei, dass ich vor dem Spiegel stehen blieb und meine Ratlosigkeit betrachtete. Dabei führte ich ein normales Leben. Ich trank nur mäßig Alkohol, ich ging früh zu Bett, ich war schuldenfrei, litt nicht unter Abartigkeiten, zeugte keine unehelichen Kinder – halt, dieser Punkt war zur Zeit undeutlich; er war sogar besonders undeutlich, weil wir nach wie vor nicht den Drang hatten, unseren inneren Knoten zu lösen. Immerhin, durch die plötzliche Konfrontation mit meiner Lebenslage verdüsterte sich meine Stimmung. Carola machte seit kurzem jeden Morgen einen halbstündigen Dauerlauf. Es war undeutlich, ob sie hoffte, auf diese Weise den Fötus doch noch zu verlieren, oder ob sie nach wie vor ihr altes Fitness-Programm im Auge hatte. Hoffentlich erfährt das Kind niemals, wie unpassend seine Ankunft war, dachte ich oft. Allerdings galt das unpassende Erscheinen für dreiviertel der lebenden Menschen. Es geschah nichts, es wurde keine neue Schuld sichtbar, aber es trat auch keine Durchsichtigkeit ein und keine Erlösung. Dabei hatte ich es eigentlich gern, wenn die Stunden vor sich hinstotterten, weil sie etwas anderes als Stottern sowieso nicht zustande brachten.

Dieser Tage sah ich in der U-Bahn eine erkennbar erschöpfte Frau, die sich auf ihrem Sitzplatz nach vorne beugte und auf den Boden spuckte. Nach einer kurzen Weile spuckte die Frau auch gegen die Scheibe. Ich tat so, als würde mich nichts stören, ich wollte in nichts verwickelt werden. Den anderen Leuten in der Bahn schien es ähnlich zu gehen. Eine Frau spuckte vor sich hin, na und, eine harmlose Verstörte. Vermutlich waren es die auseinandergestellten Beine der Frau, die mich an meine Mutter erinnerten. Mir gefiel meine Mutter, wenn sie sich mit der Kaffeemühle erschöpft hatte. Sie klemmte sich die handbetriebene Mühle zwischen die Schenkel und drehte die Kurbel der

Mühle oft nur so lange, bis gerade genug Kaffeebohnen klein gemahlen waren. Zum Kaffeetrinken kam es oft nicht mehr, weil meine Mutter – mit auseinandergestellten Beinen – zuvor in ihrem Sessel eingeschlafen war. Hoch war nur das Risiko, dass dabei die Kaffeemühle selbst auf den Boden fiel und sich der gemahlene Kaffee auf dem Teppich ausbreitete. Ihren Anblick hätte meine Mutter verhindern wollen, wenn sie ihn gekannt hätte. Meine Mutter hatte einen breiten Unterleib mit starken Schenkeln, von denen ich meinen Blick kaum abwenden konnte. Ich wusste nicht, ob ihr je aufgefallen war, dass ich oft vor ihren geöffneten Beinen saß, wenn sie wieder aufgewacht war. Im Hochsommer, wenn die Schwalben tief in den Straßenschluchten entlangflogen, dicht über der Fahrbahn, sagte meine Mutter oft, dass es bald regnen würde. Der Grund ihrer Annahme war plausibel: Die Mücken hielten sich dicht über der Fahrbahn auf, so dass sie von den Schwalben im Flug gefangen und sofort gefressen werden konnten. Oft hatte ich das Gefühl, dass meine Mutter noch immer lebte und sich in meiner Wohnung aufhielt. Gerade hatte sie wieder mit einem Groll in der Stimme zu mir gesagt, dass ich endlich aufhören soll, an meinen Fingernägeln zu knabbern. Sie nannte den Vorgang herumkrubben, das war ihr Wort. Und als ich dann sagte, mir gefielen meine abgebissenen Fingernägel auch nicht, war sie gerührt und drückte mich verschwenderisch gegen ihren großen Busen.

Carola sorgte sich, weil ich, wie sie sich ausdrückte, zu oft der Wirklichkeit auswich, um so unauffällig wie möglich leben zu können. Sie drohte mir dann und wann, mit mir zum Arzt zu gehen, ich lachte kurz und fragte, welcher Arzt für mein verstecktes Leben denn zuständig sei. Ich musste vertuschen, dass ich etwas anderes als ein umherschweifender Mensch nie hatte werden wollen. Mein oberstes Ziel war, der Penetranz des Wirklichen zu entkommen. Denn der Weg in meine persönliche Zerstreutheit war nicht leicht zu finden. Natürlich wollte ich nicht de facto zerstreut sein, sondern in der Zerstreutheit bedeutsam. Ich redete und redete, aber ich hatte an keinem Tag den Eindruck, dass sich bei Carola Verständnis einstellte. Seit einiger Zeit merkte ich am Geruch in der Toilette, dass Carola sich tatsächlich übergab; sie verlor über ihre nächtlichen Zustände kein Wort, was für mich ein Hinweis war, dass sie selbst unsicher war, von *wem* sie denn schwanger sei. Ich hatte ihr nicht gesagt, dass ich zuweilen keine Ejakulationen mehr hatte. Weil ich nicht wusste, wie ich mich zu den nächtlichen Abläufen verhalten sollte, hielt ich den Mund und lauschte. Immer wieder fragte ich mich, ob ich denn Vater werden mochte. Und was sollte ich antworten, wenn Carola demnächst zur Ehe drängte, wonach es sie nie zuvor verlangt hat? Mir fiel auf, dass sie seit etwa zwei Wochen nachmittags für eineinhalb Stunden verschwand und kein Wort sagte, was sie umtrieb und wohin sie überhaupt ging. Ich verfolgte sie zwei- oder dreimal und fand heraus, dass sie einen Frauenarzt aufsuchte. Wenn sie die Praxis verlassen hatte, war sie sichtbar geschwächt und setzte sich jedesmal für eine halbe Stunde auf die gleiche Bank. Plötzlich hatte ich eine Idee: Carola ließ sich von diesem Arzt eine Abtreibung besorgen. Aber die »Operation« schien nicht ganz ohne Komplikationen abzulaufen. Ich kannte diese Vorgänge aus dem Leben meiner Mutter. Mein Vater verhütete nicht (sagte mir die Mutter später), er überließ die Folgen seiner Frau. Ich konnte kaum fassen, dass ich von einem derart altertümlichen Problem heimgesucht wurde, einschließlich der damit verknüpften Nebenprobleme: Heimlichkeit, Scham, Angst, Übelkeit in den Nächten. Aus Überforderung schwieg auch ich und machte mich im stillen mit diesem Szenarium vertraut: Die Abtreibung ging nicht wirklich voran, weil der Fötus schon fest in der Gebärmutter saß und in einigen Monaten ordentlich auf die Welt kommen wollte. Ich geriet in eine sonderbare Schleuderstimmung, die mir aus meinem Leben vertraut war. Es würde jetzt nicht lange dauern, dann würde mich eine mittlere Hysterie erfassen und mir einflüstern, dass alles um mich herum heimlich abstarb; ich würde allein übrig bleiben und genau diese Verlassenheit dann nicht begreifen. Um aus diesen Stimmungen herauszufinden, betrat ich einen Obstladen und kaufte mir zwei Orangen. Draußen auf der Straße begann ich die Orangen abzutasten und glaubte bald, dass beide Orangen angefault waren. Ich entschied, künftig keine Orangen mehr zu kaufen. Am Nachmittag entdeckte ich, dass sie nicht faul waren. War ich wieder auf mich selbst hereingefallen, weil ich ohne den Verdacht, dass alles faul war, an manchen Tagen nicht leben konnte?

Wenn ich mit mir selbst nicht einverstanden war, wollte ich mal wieder Frauen begegnen, die ich vor langen langen Jahren geliebt hatte, allen voran Christa, mit der ich damals an Waldrändern spazieren ging, wobei ich mich nicht einmal traute, ihr gespielt versehentlich an den Busen zu fassen. Ulrike trug einen dunkelblauen Faltenrock und ein weißes Blüschen: wie einst meine Mutter; sie war auch in dieser Geschichte eine heimliche Schlüsselfigur. Ulrike gehörte zu den Menschen, an die ich mich mit schuldhaftem Bedauern erinnerte, weil ich versäumt hatte, sie näher und genauer kennenzulernen. Noch dazu war ich abgelenkt durch eine weitere Geschichte. Im Sekretariat der lächerlichen Zeitung, bei der ich damals arbeitete, erschien eines Tages eine Aushilfe, ein junges Mädchen von etwa zwanzig Jahren. Sie hatte schon damals einen Buckel, der ihr gut stand. Durch den gekrümmten Rücken traten auch ihre kleinen Brüste bis zur Nichtahnbarkeit zurück, wirkten dadurch aber sanft und abwesend, wie es einer jungen Liebe immer gut ansteht. Ich brauchte nicht lange, bis ich mir sicher war, mich ihr nähern zu wollen. Sie reagierte lebhaft auch auf kleine Aufmerksamkeiten. Ich war damals selbst jung und sah erträglich aus. Ich bildete mir ein, bemerkt zu haben, dass sie mir zugetan war und auf weiterführende Schritte wartete. Die kamen aber nicht. Diese plötzliche Leere war heute unangenehmer als real ausgebliebene Erlebnisse. Es ging auch andersherum: Die fehlenden Erlebnisse betätigten sich als Geschichtenerfinder und füllten dreist die Erinnerung.

Wenn diese Vertauschungen eintraten, setzte ich mich auf die nächstbeste Bank und wartete, bis meine Realgegenwart zurückkehrte. Blieb die Selbstregulierung aus, glaubte ich momentweise, ich sei Opfer einer zu früh auftretenden Altersverwirrung geworden. Aus fast allen Mädchen, die ich in meiner Jugend kannte und zum Teil liebte, sind später Haus- und Ehefrauen geworden. In den mittleren Jahren, als ich aus Ratlosigkeit zuweilen onanierte, tauchten einige der Mädchen als frühe Bilder wieder auf. Bei anderen Mädchen waren die Jugendbilder verschwunden. Obwohl ich sie als erwachsene Frauen nie gesehen hatte, verlor mein Bewusstsein ihre Bilder nicht. Sie tauchten auch als erwachsene, von mir nie gesehene Frauen mit starkem

Rücken, dicken Oberarmen und breit gewordenen Brüsten wieder auf. Ich verstand nicht, wie es mir gelingen konnte, durch diese Spätbilder hindurch die Jugendbildnisse der Mädchen wiederzusehen. Das führte eine Weile dazu, dass ich öfter onanierte, als ich eigentlich wollte, weil die Onanie wie eine Art Erinnerungskino funktionierte, das mir die frühen Bilder wieder vorführte, was ich ebenfalls nicht verstand.

Carola fand sich allmählich damit ab, dass sie im nächsten Jahr ein Kind kriegen würde. Vermutlich erwartete sie von mir eine Art Stellungnahme, die leider ausblieb. Deswegen sah es immer mal wieder so aus, als hätte ich mit der Zeugung nichts zu tun. Ich räumte ein, dass mein Verhalten immer mal wieder kläglich war. Carola wollte ihren Eltern sagen, dass sie im kommenden Jahr Großeltern wurden. Aber es kam anders. Am Abend, als sie bei ihren Eltern die Neuigkeit verbreiten wollte, entdeckte der Vater plötzlich Carolas Tattoo auf den Schultern. Carola hatte vergessen, dass sie ihre Eltern mit diesen Anblicken verschonen wollte, und trug eine Bluse mit etwas zu weitem Kragen. Der Vater war fassungslos. Dieser Anblick! rief er immer wieder aus und lief im Wohnzimmer umher. Ich konnte leicht vertuschen, dass ich die Meinung des Vaters teilte. Die Mutter war wie so oft nur erschrocken und sagte im Schreck kein Wort.

Wozu soll das denn gut sein!? rief der Vater, leerte sein Glas und schenkte sich wieder ein; was sagst du denn dazu? fragte er seine Frau.

Die Mutter und ich sahen einander an, weil wir nicht genau wussten, wer von uns angesprochen war.

Dann wandte er sich wieder Carola zu. Was hast du dir denn dabei gedacht?

Aber auch Carola schwieg.

Daraufhin trat der Vater nah an sie heran und schrie ihr ins Gesicht: Sag, was hast du dir dabei gedacht?

Als sie wieder nichts sagte, sprang ich für sie ein. Sie hat sich nicht vorgestellt, sagte ich zum Vater, dass du das so ernst nehmen würdest.

Es war klar, dass Carola jetzt nicht auch noch sagen konnte, dass sie außerdem schwanger war. Da schossen Carola Tränen in die Augen. Der Vater war über meine Einmischung ebenso empört wie über die Tattoos. Er wandte sich mir zu und schien zu überlegen, was er zu mir sagen könnte. Ich war solche Szenen nicht mehr gewohnt beziehungsweise ich war sie nie gewohnt. Mein Vater war ein stiller Mann, der nahezu unangreifbar gelebt hatte, und wie es aussah, ähnelte ich ihm. Ausgerechnet hier und jetzt fiel mir ein, dass ich ein bedeutendes Leben führen wollte. Ich spürte meine Ermüdung wie eine soeben eintretende Abwesenheit. Ich überlegte, wie ich verhindern konnte, dass der Vater mein Desinteresse an ihm bemerkte. Dieser merkwürdige Kampf schien darin zu bestehen, dass sich in uns etwas Unfassbares ausbreitete, was am Ende sowieso eintrat, dann aber ohne Absicht und ohne Schmerz: die unbegreifliche Selbstabwendung von allem, was uns betrifft. Ich saß da und dachte lediglich: Ich brauche dringend eine neue Jacke. Diesen Satz hatte ich schon im vorigen Jahr öfter gedacht. Meine Wiederholungen erschreckten mich nicht, wenn sie sich in diesem geringfügigen Bereich abspielten. Ich war selbst erstaunt, dass ich zwei Tage später ein modern erscheinendes Modehaus betrat und schon im Eingangsbereich scheiterte. Drei herumstehende Verkäufer kamen fast gleichzeitig auf mich zu. Einer von ihnen sagte zu mir:

Dürfen wir dem jungen Herrn den Tag verschönern? Diese schleimige Anrede stieß mich ab und führte dazu, dass ich mich auf der Stelle umdrehte und das Modehaus verließ.

Draußen atmete ich erleichtert auf und bog in eine kaum belebte Seitenstraße ein. Ein Staubsauger lag auf dem Bürgersteig, ein Plastikding mit einem langen Saugrohr vorne dran, aber ohne Kabel. Ich kam an dem Bürohaus vorbei, in dem Carola arbeitete. Wahrscheinlich arbeiteten hier überwiegend mollige Frauen, die mir aus dem Weg gingen, weil ich kein Auto hatte und mit dem Zug fahren musste, um meine Brötchen zu verdienen. Aus offenen Autos schlug Radiomusik die Hauswände hoch und verschwand im Laub der Bäume. Ich stieß mich an den vielen Bürohochhäusern, die ich nicht anschauen wollte. Wie war es nur möglich, dass unsere Realität fast alle, die in diesen Büros arbeiteten, einander ähnlich machte? Ich fühlte, dass mein Innenleben auf Flucht angelegt war. Einen besonderen Grund zur Flucht brauchte ich schon lange nicht mehr. Ich bedurfte einer Besänftigung und ging deshalb in Richtung Opernplatz. Dort gab es einen Springbrunnen, der jedoch leider nicht eingeschaltet war. Ich setzte mich auf eine der Steinbänke und betrachtete japanische Touristen, die die Oper fotografierten. Rechts neben der Bank erhob sich ein Strauch mit blühendem Fingerhut. Ich sah dabei zu, wie eine Hummel in einen Blütenkelch hineinkroch. Wie als Kind fürchtete ich, dass das Tier zu tief eindrang und dann vielleicht nicht mehr umkehren konnte. Ähnliche Empfindungen hatte ich oft, wenn ich heute in Carolas Kelch vorstieß. Es bereitete mir Lust, dabei den Satz zu denken: Wenn Carola ihren Kanal jetzt dicht macht, werde ich nicht mehr hinausfinden und es dann auch nicht mehr wollen: wie eine zufriedene Hummel. Tag für Tag quälte sich Carola mit ihrem nicht gelingenden Schwangerschaftsgeständnis. Einmal sagte sie den Satz: Das ist mir alles sehr unanbequem. Der wundervolle Versprecher machte es unwichtig, was Carola eigentlich hatte sagen wollen. Die ganze Familie lachte. Die Mutter küsste Carola von links, ich von rechts. Zwischendurch schaute sie sich hilfesuchend um, was wahrscheinlich nur ich bemerkte. Vermutlich wollte sie nach Hause, vielleicht war es ihr auch übel. Unter dem Tisch suchte sie meine Hand und fand sie; sie drückte meine Hand gegen die Innenseite ihres linken Oberschenkels und schaute mich deutlich an.

Im Nachhall der guten Laune gelang es uns, uns von den Eltern zu verabschieden. Die Mutter hatte anscheinend bis jetzt nicht bemerkt, dass Carola keinen Tropfen Wein angerührt hatte. Carola war ein wenig verstimmt, weil wir nicht den Mut gehabt hatten, die Eltern zu informieren. Auf dem Weg nach Hause gingen wir an etlichen Obdachlosen vorbei, die ihr Nachtlager herrichteten. Ich konnte die Unruhe, die in diesen Bildern hauste, oft kaum aushalten. Manchmal trat einer hervor, machte einen Bettelversuch und zog sich dann wieder zurück. Vermutlich antwortete der Anblick der Obdachlosen auf eine meiner stärksten Ängste: dass ich eines Tages nicht mehr das kleinste Engagement kriegte und selbst in ein Obdachlosenheim musste. Egal wo ich war, auch jetzt in der angefangenen Nacht, gelang es mir nicht, quälende Bilder abzuwehren. Weil mir das Herumspintisieren selbst auf die Nerven ging, freute ich mich auf das Nachtkonzert der ARD, das ab 24.00 Uhr gesendet wurde. In der Schule hatte mich der Musikunterricht gequält und der Musiklehrer besonders. Ich verstand nicht einmal, was eine Tonleiter ist, sollte aber vor der Klasse erklären, was der Unterschied zwischen Dur und Moll sei. Es war so ähnlich wie mit den Benzinmotoren. Ich wusste als Schüler, was ein Zweitakter und was ein Viertakter ist, aber wie ein Motor funktioniert, war mir so unklar wie die Musik oder wie die menschlichen Körperorgane, die wir in dieser Zeit in Biologie »abhandelten«. Ungefähr im Alter von vierzehn oder fünfzehn Jahren hörte ich auf, weiteres Wissen in mich aufzunehmen. Genau genommen hätte ich mit der Bildung niemals anfangen sollen. Auf dem Heimweg merkte ich, dass sich Carola heftiger als sonst an mich herandrängte. Sie war munter wie eine Kohlmeise und wollte fast ununterbrochen küssen oder geküsst werden.

Als wir zu mir nach Hause kamen, war klar, dass ein sofortiger Beischlaf stattfinden würde. Ich nahm an, es würde Carolas Stimmung nicht beeinträchtigen, dass ich Carolas Heftigkeit nicht adäquat beantworten konnte. Ich ging ohnehin davon aus, dass Carolas derzeitige Dominanz die von ihr dauerhaft gewünschte Form des Drängens und Begehrens zwischen uns sein würde. In Carolas Schwangerschaftsbüchern hatte ich übereinstimmend gelesen, dass schwangere Frauen ein ungewöhnliches Verlangen an den Tag legten; diese Verschiebung war wörtlich zu verstehen. Carola war schon um die Mittagszeit zu ungeduldig, auf die Nacht zu warten. An einem Spätvormittag, als ich Manuskripte für eine Funkaufnahme zusammensuchte, öffnete ich die Tür des Schlafzimmers und sah Carola nackt auf dem Bett liegen, die Beine weit geöffnet, die Augen geschlossen. Natürlich verzichtete Carola auch auf das, was in den Schwangerschaftsbüchern Vorspiel genannt wurde.

Kannst du kommen? fragte sie weich und zärtlich, eigentlich schon mütterlich.

Ich legte meine Kleidung ab, erinnerte mich dabei an den Biologieunterricht in der Oberstufe, als der Rhythmus der Fortpflanzung der Tiere im Wechsel der Jahreszeiten eine Weile das Thema war. Dabei fiel öfter das Wort Brunft oder Brünftigkeit, worunter ich mir damals nichts vorstellen konnte. Jetzt sah ich Carolas Brünftigkeit und musste ein wenig lachen, was Carola nicht irritierte. Sie wusste längst, dass ich öfter einem Lachreiz folgte, den ich nur schwer hätte erklären können.

Carola kicherte leise mit und sagte: Komm bitte.

5 Am frühen Abend klagte Carola über Schwäche und Schlappheit. Sie war durch wenig belebte Straßen gelaufen, kürzte ihre Route dann ab und klingelte bei mir. Sie legte sich auf das Sofa und deckte sich mit einer Wolldecke zu. Vermutlich wollte sie ein wenig schlafen, aber sie fand keine Ruhe. Nach etwa einer halben Stunde erhob sie sich und ging in die Toilette. Durch die nur halb geschlossene Tür sah ich, dass sie vor der Schüssel niedergekniet war und stöhnte und wartete. Willst du Wasser oder sonstwas? fragte ich vom Flur aus. Nein, sagte sie; vermutlich wollte sie noch etwas sagen, aber es kam wieder nur ein Stöhnen. Sie löste den Gürtel ihrer Hose und versuchte dann aufzustehen, was nicht gelang. Sie drückte ihre Hose nach unten, danach auch die Unterhose. Ich fürchtete, dass sich etwas Unvorhergesehenes ereignen könnte und entfernte mich nicht von der Tür. Sie legte die Arme überkreuz auf die Toilettenbrille und spuckte in das Becken. Dann jammerte sie und wollte sich erneut erheben, wozu sie nicht die Kraft hatte. Ich betrat die Toilette, griff ihr unter die Achseln und hob sie auf die Schüssel. Wenig später schrie und stöhnte sie und krallte sich an mir fest. Es löste sich ein fast brotlaibstarkes Bündel und platschte mit Schleim und Blut in die Schüssel. Carola weinte, umklammerte mich und verlangte nach einem Handtuch. Ich ahnte, was passiert war, und griff nach einem Handtuch auf dem Regal links. Carola nahm es, war aber zu ungeschickt, es sich zwischen die Beine zu drücken. Ich beugte mich mit einem anderen Handtuch über sie, schob es ihr von hinten zwischen die

Beine, umfasste sie und hob sie ein wenig in die Höhe. Da sah ich, dass sie soeben einen Abort hinter sich gebracht hatte. Carola zitterte und schluchzte, schrie aber nicht mehr. Sie umklammerte mich fester und stieg aus ihrer am Boden liegenden Hose. Ich drückte auch die über den Knien hängen gebliebene Unterhose nach unten und sagte: Kannst du mal die Beine breitmachen.

Ich ließ warmes Wasser in das Waschbecken einlaufen, nässte die Hälfte eines frischen Handtuchs und wusch ihre Wunde.

Hast du Schmerzen?

Nein, oder kaum, sagte sie.

Ich wusch ihre Scheide noch einmal, bis sie praktisch ohne Blut war. Ich drückte auf die Toilettenspüle, holte zwei Binden aus dem Schränkchen, außerdem einen Slip. Ich war froh, dass kein neues Blut mehr kam. Das bedeutete, dass der Abort abgeschlossen und dass er gelungen war. Carola begann erneut zu weinen und umarmte mich. Sie versuchte, sich bei mir zu bedanken, aber sie zitterte zu stark und konnte nicht gut sprechen. Ich hatte zuerst das Gefühl, dass Carola überrascht war. Dabei war der Abort absehbar beziehungsweise geplant. Carola war drei Tage etwa eine Stunde lang (jeweils) auf dem harten Beton gelaufen und hatte vermutlich genau das gehofft, was soeben geschehen war. Wenn sie nicht gelaufen wäre, wäre der Abort wahrscheinlich ausgeblieben. Ich war fast sicher, dass es nicht der erste Abort ihres Lebens war, aber ich fragte nicht.

Willst du nicht zum Arzt gehen?

Heute nicht, sagte sie; morgen vielleicht oder übermorgen, wenn ich besser bei Kräften bin.

Natürlich, sagte ich; ich war voll unangenehmer Ahnungen. Carola schien nicht eindeutig zu wissen, auf welchen Mann die Schwangerschaft zurückging.

Willst du ein paar Tage hierbleiben?

Erträgst *du* es? Hast du nicht zu tun?

Das Übliche, sagte ich; ich werde stundenweise im Funk sein, länger nicht.

Kannst du ein bisschen Obst und Orangensaft kaufen?

Ja. Hast du Hunger?

Ein bisschen schon.

Ich weiß eine Metzgerei, sagte ich, wo man um die Mittagszeit eine Nudelsuppe und eine heiße Frikadelle kaufen kann.

Das ist eine sehr gute Idee, sagte sie; Carola war erneut gerührt und schluchzte.

Du kannst auch hier übernachten, sagte ich, das ist wahrscheinlich praktischer und beruhigender.

Ja, danke; ich muss mich wieder hinlegen.

Soll ich dir ein Glas Wasser bringen?

Nein, danke; aber du kannst bitte eine Flasche Mineralwasser mitbringen. Du kannst dich neben mich legen und mit mir einschlafen, du bist doch auch müde.

Die Aufregung lässt nicht zu, dass ich müde bin, sagte ich; ich werde aufräumen und dann zu dir ins Bett kommen.

Ich bin an allem schuld, das weiß ich hundertprozentig und das ist grässlich, sagte sie. Es war für sie eine Art Genugtuung, dass sie sich selber die Schuld geben konnte. Bevor ich einkaufen ging, räumte ich die Küche auf. Das schmutzige Geschirr stellte ich nicht in die Spülmaschine, weil ich jede Art von Lärm vermeiden wollte. Auf dem Küchentisch lag zwischen Eierschalen von gestern meine Armbanduhr. Sie lag dort schon länger, weil Carola mich gebeten hatte, sie dort liegen zu lassen. Neben der Marmelade stand das halbgefüllte Gurkenglas. Neben der Tüte mit dem Brot lag die Schere. Dazwischen die Kleiderbürste und die Krümel von gestern. Während des Aufräumens erinnerte ich mich an Frau Weck. Sie war die Mutter von Peter Weck, dem ich, als ich fünfzehn war, einmal in der Woche Nachhilfeunterricht in Französisch gab. Peter Weck war elf oder zwölf und verstand nicht, warum er mit Französisch gequält wurde. Ich gab mir Mühe, aber ich nahm nicht an, dass ich erfolgreich sein würde. Wenn die Stunde vorüber war, verschwand Peter auf der Stelle und kehrte nicht vor dem Abend zurück. Frau Weck kochte Kaffee und holte zwei Kuchenstücke aus dem Schrank. Während das Wasser langsam zu kochen begann, verschwand Frau Weck kurz auf der Toilette und kam mit geschminkten Lippen zurück. Nach drei Wochen trat sie, als ich mich verabschieden wollte, nah an mich heran, nahm meine Hand und legte sie sich auf die rechte Brust. Dann umarmte sie mich und wollte mich küssen, was nicht gelang, weil ich zu ahnungslos war. Ich stellte fest, dass der Körper von Frau Weck rundum weich war, was ich von der Umarmung des Körpers meiner Mutter schon wusste. Danach fasste sie mir in die Hose, holte meinen arglosen Kinderpenis heraus, betrachtete auch ihn eine Weile und steckte ihn dann in die Hose zurück. Sie sagte etwas zu mir, was ich nicht verstand.

Schon nach einem Tag ging es Carola wieder besser. Sie verließ das Bett und war dankbar, dass alles vorüber war. Ich rief den Sender an und fragte, ob etwas Neues für mich da war. Die Frau im Besetzungsbüro nannte mir die Termine, die ich schon kannte. Ich entschuldigte mich, weil ich sie belästigt hatte. Darauf sagte sie einen erstaunlichen Satz:

Das macht nichts, Sie sind ein Teil des Zusammenhangs. Ich war verblüfft und antwortete: Ich? Ja? Meinen Sie wirklich? Darauf schwieg die Frau und sah wahrscheinlich auf ihren Computer. Ich sah sie, wie sie auf ihrem Bürostuhl langsam dahinwelkte. Das würde sie überall tun, aber im Funkhaus welkte der Raum mit. Ich hatte öfter den Eindruck, dass das ganze Funkhaus eine einzige Frauenverwelkungsanstalt war. Sie konnte es nicht lassen, die Urlaubspostkarten ihrer Kollegen mit Reißzwecken an der Wand festzumachen, dazu goldene Sprüche irgendwelcher früherer Chefs. Zufällig sah ich, dass sich der Schnürsenkel meines linken Schuhs löste. Tatsächlich fühlte ich mich frei, wenn mir belanglose Dinge auffielen.

Nach dem Abort war Carola ein paar Tage in sich gekehrt und schweigsam; ich verstand, dass das Thema Kind für sie keineswegs abgeschlossen war. Ich hielt es für nicht ausgeschlossen, dass sie eine innere Kehrtwende vollzog, über die sie nicht sprechen wollte oder konnte. Einmal, beim Frühstück, sagte ich eher beiläufig, dass sie das Marathonlaufen am besten aufgeben sollte. Sie blickte auf und sagte: Auf gar keinen Fall. Damit war für mich klar, dass sie den Zusammenhang zwischen Überanstrengung und Abort entweder nicht bemerkte oder nicht anerkannte. Ich überlegte, ob ich Carola einen Spaziergang vorschlagen sollte, aber ich kam wieder davon ab. Erst vor zwei Tagen waren wir im nahen Grüneburgpark unterwegs gewesen, aber wir fanden nicht in ein lockeres Gespräch hinein, was wir eigentlich von uns erwarten durften. Viele der Angestellten im Bürohaus gegenüber frühstückten nicht mehr zu Hause. Sie kauften sich unterwegs ein Hörnchen oder ein Rosinenbrötchen, drückten sich einen Kaffee aus dem

Automaten und setzten sich zurück an ihren Schreibtisch. Gegen Abend sagte ich, dass ich nicht mehr reisen wollte. Ich sagte es nur, weil ich wusste, dass Carola solche Ankündigungen gerne hörte. Sie nahm dann an (wollte dann annehmen), dass ich endlich häuslicher würde, und das bedeutete für sie: erwachsener, reifer, familiärer, besinnlicher. Immer öfter legten wir früh am Abend unsere Kleidung ab und fanden zusammen ins Bett. Carola umarmte mich, drückte sich an mich heran und legte ihr Gesicht in mein Brusthaar. Oft merkte ich erst im Bett, wie klein Carola war und dass mir das gefiel. Normalerweise besprachen wir bei solchen Gelegenheiten, ob wir in Urlaub fahren sollten und wenn ja wohin. Es schien, als sei das Thema Urlaub für immer erledigt, was uns nicht beunruhigte. Vielleicht waren wir, ohne es bemerkt zu haben, ein alterndes Paar geworden; wir sprachen nicht darüber.

Eine mittelgroße Kleiderfabrik aus Südbaden rief an, und fragte, ob ich vier Modenschauen ansagen wollte. Eingeladen sind Einkäufer von Kaufhausketten und kleinere Modehäuser, deren Angebot sich an die potente Mittelschicht wendet. Ich bat um einen Tag Bedenkzeit, was mir die Sekretärin einräumte. Obwohl ich wusste, dass ich Veranstaltungen dieser Art nicht (mehr) schätzte, überlegte ich, ob ich das Angebot nicht doch annehmen sollte, nicht nur des außerordentlich üppigen Honorars wegen. Es lockte mich außerdem die Möglichkeit, mit einem Mannequin einen höchstens zweitägigen Sexualaustausch zu arrangieren, von dem beide Teilnehmer unausgesprochen wussten, dass es ein Nachspiel nicht geben würde, weil das Mannequin zu Hause genauso fest liiert wäre wie ich.

Im Bürohaus gegenüber öffnete sich ein Fenster, eine

Frau erschien mit einem belegten Brot in der Hand. Die Frau aß das Brot langsam und schaute dabei kauend auf die Straße hinunter. Es wälzte sich der Tag auf die andere Seite seiner selbst wie einst meine unwillige Mutter auf dem Sofa. Prompt fiel mir meine Mutter und einer meiner Brüder ein. Wir schauten der Mutter gerne dabei zu, wenn sie einen Salat anrichtete. Dabei geschah es oft, dass im Salat plötzlich ein kleiner Wurm sichtbar wurde, dem sofort klar zu sein schien, dass er sich in Not befand. Darin hatte er sich nicht geirrt. Mein Bruder und ich begannen, mit dem Wurm herumzuspielen, was er nicht lange aushielt. Die Erwartungen während der Modenschauen der Kleiderfabrik ärgerten mich, weil sie so leicht planbar waren. Ich war eine vorsichtige und gleichzeitig routinierte Garderobenmaus geworden, die bereit war, ein verlockendes Käsestück eine Weile zu beobachten, um dann sicher zu sein, dass außer ihr niemand das Käsestück im Auge hatte. Dabei schämte ich mich meines kleinlichen Kalküls und fragte mich, warum Erfolg und Scham so oft gemeinsame Sache machten, die das Opfer leer und ohne Antwort zurückließen.

Tage später im Funkhaus war ich nervös und versprach mich häufig. Aber der Aufnahmeleiter ließ mich in Ruhe, die Cutterin schwieg. Vermutlich ahnten die Kollegen sogar, dass ich mit meinem Privatleben nicht mehr ganz einverstanden war. Sie wussten, dass ich mit meinem Schicksal als Rundfunksprecher haderte, weil ich vom Theaterbetrieb mehr und mehr abgedrängt worden war. Von den Lügen des Arbeitslebens waren mir die kleinen, kindischen, unnützen am liebsten. Ich log mit, weil die sinnlosen Lügen schon nach kurzer Zeit ihre Dummheit und Leere einräumten. Geständnisse waren nicht nötig, weil die Alltagslügen so geläufig waren, dass sich für sie eine Begründung von selbst erübrigte. Die besseren Lügen hießen wenigstens Notlügen, weil ihre Unausweichlichkeit eine gewisse heimliche Verbitterung zurückließ. Die kleinen Lügen, die ich meinte, hatten nicht einmal einen Namen. Sie waren eine Folge der Lächerlichkeit des Lebens selbst, aber Lächerlichkeitslügen konnte man sie nicht nennen, weil niemand, der von Zeit zu Zeit log, lächerlich erscheinen wollte, auch vor sich selbst nicht. Heute war ein Tag, an dem ich nicht wusste, womit ich mir gewisse Zeitreste vertreiben sollte. In früheren Jahren war ich in solchen Stimmungen zum Bahnhof gegangen, aber dieser Fluchtweg war verschlissen und reizlos geworden. Für Menschen wie mich, die das Leben als bedeutsam empfinden wollten, gab es nicht viele Orte, wo sich diese Bedeutsamkeit ohne störende Nebengeräusche einlöste. Früher war ich öfter ins Museum gegangen, aber dort stieß ich mich an diesem den Leuten ins Gesicht geschriebenen Verlangen nach einem Kunsterlebnis, das sie sich als außeralltäglich zurechtmodelten. Aber im Vorraum sahen sie (und ich) den Andrang der Massen, mit denen sie (und ich) nichts zu tun haben wollten, weil das Museum inzwischen einem Kaufhaus ähnelte, worauf sich niemand einen Reim machen konnte. Der Sommer kam schneller, als ich ihn erwartet hatte. Ich erinnerte mich an ein Lied, von dem ich nur eine Zeile in Erinnerung hatte: Der Mai ist gekommen, die Bäume schlagen aus. Das taten sie tatsächlich, an jedem Ast wuchsen Keime, Blätter und Blüten. Die Hausbesitzer begannen, die welken Blätter vom Vorjahr zusammenzukehren. Die Müllabfuhr polterte durch die Straßen und leerte die Flaschencontainer. An einem reglosen Tag sagte Carola, dass sie wieder schwanger werden wollte,

»diesmal richtig«. An meinem Schweigen bemerkte Carola, dass ich zu einer spontanen Begeisterung nicht fähig war. Wahrscheinlich aus Verlegenheit redeten wir jetzt über das Thema Urlaub. Ich will unbedingt ans Wasser, sagte Carola.

Aber dann sitzen wir fünf oder sechs Stunden im Auto, sagte ich.

Wir könnten doch mal in die Schweiz fahren, sagte Carola, dort gibt es viele schöne Seen.

Die Schweiz ist zu teuer, sagte ich; bald wird man in der Schweiz auch für das Betrachten der Berge Gebühren bezahlen müssen.

Carola lachte, damit war das Thema Urlaub vorerst erledigt. Carola wollte zu einem Marathonlauf in eine Kleinstadt nach Norddeutschland, sie wollte, dass ich mitkomme, ich zögerte. Ich freute mich auf das kommende Wochenende, aber das sagte ich nicht. Das heißt: Genau genommen fürchtete ich mich neuerdings auch vor dem Wochenende. Samstags und sonntags hatte ich im Funk nichts zu tun, und das hieß, dass ich mit Carola essen ging, und das wiederum bedeutete, dass Carola fast unablässig über ihre Freundinnen klagte. Sie warf ihnen vor, dass sie keine Kultur hätten, dass sie sich nur für Kleider und Schmuck und neue Filme interessierten. Diese undeutliche Kritik erinnerte mich an meinen Vater, der sich ebenfalls über seine kulturlosen Verwandten beklagte. Er hatte vollständig vergessen, dass auch sein Leben kulturlos war. Zur Weihnachtszeit betrachtete er gern Modelleisenbahn-Anlagen, die in seinen Augen schon zur Kultur zählten. Wenn seine Kinder darüber lachten, war er gekränkt.

Während unseres Frühstücks (diesmal bei Carola) las ich einen Artikel über eine Ausstellung in Stuttgart mit Bildern von Monet und Turner und einem dritten Maler, einem Amerikaner, von dem ich noch nichts gehört hatte. Ich fragte Carola, ob sie mitfahren würde, sie lehnte ab.

Nach Stuttgart? fragte sie; was soll ich in Stuttgart?

Eine Ausstellung anschauen, sagte ich.

Nee nee, sagte sie; nach zwei Stunden merke ich, dass Stuttgart nur ein anderes Frankfurt ist, das ist mir schon oft so ergangen mit anderen Städten, dann kann ich auch gleich hier bleiben.

Ich trank meine Tasse leer und sagte: Ich gehe nach Hause, ich muss eine Rolle lernen, die mir nicht gefällt, das dauert länger.

Ich habe auch eine Rolle zu lernen, sagte sie.

Was meinst du damit?

Wir müssen nicht heute und nicht morgen darüber reden, sagte sie, aber ... wie soll ich sagen ... ich habe ... durch das ganze Durcheinander gemerkt, dass ich tatsächlich ein Kind will.

Aha, machte ich nur.

Ja, aha, und wenn ich ein Kind kriege, stellt sich die Frage, ob wir nicht zusammenziehen sollen, es wäre ja auch dein Kind.

Ich fühlte mich herausgefordert und schwieg.

Wir müssen das alles nicht sofort bereden, sagte Carola, aber ich möchte nicht das Gefühl kriegen, dass wir uns vor uns selber verstecken.

Das wäre nicht das erste Mal, sagte ich.

Das machen alle Paare, sagte Carola, aber in den früheren Fällen war es einfacher und vor allem folgenlos.

Es ist mir klar, dass eine neue Lage eingetreten ist, sagte ich schwächlich; ich gehe mal, wir telefonieren.

Zehn Minuten später war ich draußen, tatsächlich mit einem schlechten Gewissen. Wenig später betrat ich die Terrasse eines ein wenig vernachlässigten oder heruntergekommenen Cafés. Auf einigen Tischen stand nicht abgeräumtes Geschirr, auf dem Boden lagen Servietten, in die der Wind von der Seite hineinblies, dazu einzelne Gabeln und Messer, die niemand aufhob. Als Bedienungen waren hier überwiegend Schwarze tätig, sie waren flink und arbeiteten nur für die Trinkgelder und bückten sich auch noch nach heruntergefallenem Besteck. Auf einem der Tische landete zuweilen eine Taube und pickte Speisereste von einem nicht weggeräumten Teller herunter. Nach einer halben Schreckminute schaute ich deutlicher hin. Mein Schreck war nicht ganz echt. Mich beeindruckte die vernachlässigte Kleidung der halb ausgestoßenen Menschen. Momentweise hatte ich das Gefühl, mich in einer Nachkriegszeit ohne Krieg zu befinden. Warum sahen so viele Leute verloren und verlassen und sogar verhöhnt aus? Durch das Wort Nachkriegszeit fiel mir mein Vater ein. Obwohl er nicht durch den Krieg und nicht durch die Nachkriegszeit ein Verlierer geworden war, sondern durch seine Erfolglosigkeit, die sich bitterer als ein Krieg in ihm festgebissen hatte. Diesen Unterschied erkannte er nicht an. Denn *er* war der Meinung, dass ihn der Krieg zu einem Verlierer gemacht hatte. Die Verwandtschaft stimmte ihm dabei auch noch zu, was für mich sehr sonderbar war. Bei Geburtstagsfeiern zum Beispiel saßen lauter erfolglose Kriegs- und Nachkriegsverlierer in unserem Wohnzimmer und gaben sich gegenseitig recht. Dabei gehörte auch ich selbst, obwohl ich noch ein Jugendlicher war, bereits zu den Verlierern und Erfolglosen. Denn ich war soeben sitzengeblieben und fühlte meine Zukunft in Gefahr. Aber unsere Verwandten hüteten ihr eigenes Versagen und nahmen mich nicht in ihren Club auf.

Für Augenblicke gefiel mir die Vorstellung, dass wir allesamt in einer verlotterten Welt lebten; unklar war nur, ob die Leute den allgemeinen Niedergang akzeptierten oder ob sie ihn von sich wiesen wie die meisten meiner Verwandten. Außer uns sprach niemand über uns. Jedenfalls nicht so, wie wir wünschten, dass über uns gesprochen werde; das war beleidigend oder wäre beleidigend gewesen. Der Wind trieb eine große leere Plastiktüte mal dahin und mal dorthin. Dieses In-der-Luft-Herumzittern einer Plastiktüte war offenkundig der allgemein akzeptierte Selbstausdruck des Tages. Ich beobachtete eine Frau, die ihre Unterlippe immer wieder ins Mundinnere einsaugte und sie dann wieder nach außen stülpte. Ich überlegte, ob ich nicht aufstehen, die Plastiktüte einfangen und in einem Papierkorb versenken sollte. Und zu der Frau zu gehen und zu ihr zu sagen: Sie können nicht das Gespenst einer umhertänzelnden Plastiktüte für ihre grässlichen Lippenspiele missbrauchen. Gott sei Dank kehrten meine Gedanken zu Carola zurück. Ihre nahezu ununterbrochene Bereitschaft für eine baldige Empfängnis veränderte das Klima zwischen uns. Dabei lebte ich jetzt in einem freundlichen sexuellen Klima, das ich mir schon lange gewünscht hatte. Durch die fast ununterbrochene Bereitschaft von Carola gab es kaum noch Spannungen zwischen uns; jedenfalls war das mein Eindruck. Mein früheres Verlangen, das stets auf einen Mangel zurückging, verschwand mehr und mehr. Da ich fast keinen Mangel mehr empfand, gab es auch immer weniger Verlangen. Das war einerseits befriedigend, andererseits rätselhaft, fast verdächtig. Ich verstand nicht, wie es möglich war, dass das Verlangen mehr und mehr verschwand. Nach meiner Vorstellung war das Verlangen ein unermesslicher Vorrat, der nicht kleiner werden *konnte*. Stattdessen war es jetzt so, dass ich morgens aufwachte und weit und breit zeigte sich kein Verlangen. Ich fiel in eine Art Loch, dessen Tiefe ich niemals ermessen konnte. Ebenso staunenswert war, dass Carola meine Rätsel offenbar nicht mitempfand. Sie wachte morgens auf, stieß die Bettdecke mit beiden Beinen zurück und hatte kein Empfinden für den Leerraum der Situation. Ich schaute ihr bewundernd zu, wie sie aus dem Bett sprang, sich auf den Hintern klatschte und lachte. Wo, bitte sehr, musste ich mich anstellen, um mein Verlangen zu zeigen?

6 Im ICE nach Hannover (ich hatte im dortigen Funkhaus einen Text von Tschechow zu lesen) lernte ich eine Frau um die vierzig kennen, die mich unverhohlen und gleichzeitig wohlgesonnen beobachtete. Sie lobte mich, weil ich mir im 1. Klasse-Abteil erlaubt hatte, ein Butterbrot auszupacken und es ohne »sichtbare Hemmungen« verzehrte. Carola hatte sich wieder viel Mühe gegeben. Das Brot war kleinformatig, damit es nicht aussah wie ein Bauarbeiterbrot, sondern wie ein Karrierebrot für die 1. Klasse. Es würde sich auch in bedrängten Situationen rasch verschlingen lassen. Carola hatte wie immer auch daran gedacht, in meiner linken Sakkotasche ein Papiertaschentuch zu verstecken, damit ich hinterher nicht mit fettigen Fingern dasaß und auch nicht die verschmutzte Bahn-Toilette aufsuchen musste. Die erstaunliche Entdeckung war, dass ich immer noch kein Bedürfnis hatte, mir eine Nebenfrau zuzulegen, obwohl mich Carola dann und wann mit ihrem Bildungsgehabe quälte. Wenn wir bei Bekannten eingeladen waren, strapazierte sie die Menschen mit Angebereien, deren Spießigkeit sie nicht durchschaute, so dass ich manchmal nahe dran war, sie zurechtzuweisen. Es war noch gar nicht so lange her, dass sie über den großen Erfolg von Gerhard Richter in New York schwärmte, als wäre sie selbst bei der Ausstellungseröffnung dabei gewesen. Während der Heimfahrt sagte ich zu ihr: Sei doch bitte ein wenig zurückhaltender, auch andere Leute lesen das Feuilleton. Daraufhin fing sie an zu weinen, kommentarlos. Wieder wunderte ich mich im Stillen, dass wir nicht längst voneinander weggelaufen waren wie so viele Paare. Ich erkannte, dass Carola eine Spur einfältig war; ich kam häufig zu dieser Einsicht, weil ich auch einfältig war, wenn auch auf anderen Gebieten, und außerdem meine Einfalt verbarg. Oft dachte ich: Du bist der geheime Einfältige und wirst deswegen von allen gehemmt Einfältigen bewundert. Sehr merkwürdig war, dass ich ein paar Wochen nach Carolas Abort anfing, mir ein kleines Kind in der Wohnung vorzustellen, für das ich spaßhafte Szenen erfand. Zum Beispiel schimpfte ich mit unserem Kühlschrank, weil dieser immerzu meckernde und knurrende Geräusche von sich gab. Ich erhob den Zeigefinger (ich war allein) und sagte zum Kühlschrank: Finde dich damit ab, dass aus dir ein leidender Kühlschrank geworden ist und sonst nichts. Natürlich verschwieg ich Carola mein schlichtes Theater. Zuweilen ging die Szene in meiner Phantasie weiter. Dann stellte sich das nicht vorhandene Kind vor den Kühlschrank und schimpfte ihn aus wie eine Mutter das Kind. Wenn Carola mit dem nicht vorhandenen Kind redete, leugnete das Kind, dass es im Spiel die Mutter nachahmte.

Als ich von den Aufnahmen aus Hannover zurückkehrte, ging ich freiwillig auf den Wochenmarkt, weil ich schon manchmal bemerkt hatte, dass mir das Herumschlendern auf dem Markt eine Art Heimatgefühl schenkte und ich mich dabei erholte. Ich kaufte Salat, Bauernwurst, Kartoffeln, Zwiebeln, Blumen. Carola mochte keine Orangen, ich dagegen sehr. In ratlosen Nächten ging ich nachts in meine oder in Carolas Küche und aß langsam eine Orange. Wenn Carola mich fragte, warum ich von den Orangen nicht lassen konnte, dann sagte ich, dass mich die Orangen an ihre schönen großen Brüste erinnerten, was nicht der Wahrheit entsprach, aber ich sagte es trotzdem, weil ich wusste, dass Carola auch übertriebene Komplimente schätzte. Es war leicht, ein wenig verrückt zu sein oder zu werden und damit die Begründung des Ausharrens des wirklichen Lebens weit hinter sich zurückzulassen. Es war (für mich) unübersehbar, dass ich dieser Verrücktheit zuweilen nahe war. Und obwohl deutlich war, dass die Verrücktheit gespielt war, so fühlte sie sich doch echt an. Ich hatte dann den heftigen Wunsch, von Carola nicht angesprochen zu werden, weil ich dann gereizt gewesen wäre, die Verrücktheit tatsächlich zu zeigen. In solchen überdrehten Stimmungen fiel mir auf, dass sich in der kleinbürgerlichen Gegend, in der ich wohnte, zu viele Friseure niedergelassen hatten. Es gab sonst fast nichts in diesem heruntergekommenen Viertel, aber Friseure gab es ausreichend. Der Kleinbürger möchte in seiner Bedürftigkeit wenigstens vor sich selber einen passablen Eindruck machen. Es gibt die gut frisierte Beschädigung. Deswegen geht der angeschlagene Mensch auf jeden Fall zum Friseur, damit er wenigstens selbst das Gefühl der Duldung versteht. In Wahrheit wusste ich oft nicht, wie ich meiner Anspannung standhalten sollte. Ich hätte jeder Sachbearbeiterin in den Funkhäusern beweisen können, dass die Sender immer öfter auf alte Aufnahmen (Bänder von Thomas Mann, Hermann Hesse, Wolfgang Koeppen, Alfred Andersch, Heinrich Böll etc.) zurückgriffen, weil sie sparen mussten. Trotz meiner Sorgen gefiel mir das Nichtstun, was ich auch vor Carola nicht eingestand. Ich lief umher, ohne viel zu reden, ohne innere Beschwerde, sogar ohne Lügen, was oft nicht leicht war. Wenn ich in der Stadt Bekannten begegnete, durfte ich meine reale Lage nicht erwähnen.

Dabei hatte ich ein gutes Verhältnis zur Wiederkehr des

Gleichen. Stets war ich darauf gefasst, dass etwas zu Ende ging, aber dann hörte ich im Radio die immergleiche Musik von Mozart, Beethoven, Bach, Chopin und all den anderen. Nacht für Nacht legte sich Carola neben mich und war darauf gefasst und damit einverstanden, dass immer das Gleiche geschah. Da ich in Frankfurt lebte, begegnete ich auch immer wieder den gleichen Obdachlosen. Wahrscheinlich ähnelte ich ihnen inzwischen auf versteckte Weise. In meinem Gesicht musste es so etwas wie den Widerschein einer Vertreibung geben, die nie stattgefunden hatte, die ich aber dennoch empfand. Nur ein wundersames Glück hatte mich bisher vor wirklicher Obdachlosigkeit bewahrt. Einmal fragte mich Carola, warum so viele Obdachlose dick sind. Erst daraufhin sah ich mir die Obdachlosen näher an. Carola hatte recht. Sie hatten dicke Bäuche, dicke Beine, dicke Backen, fleischige Hände. Meine Bekümmernisse waren konventionell. Ich setzte mich an den Main und zwang mich, in einem fort nur einen Gedanken zu denken: Womit ich meinen Etat aufbessern konnte. Ich erzählte Carola von meinen einfältigen Sorgen, worüber sie lachte. Dann sagte sie: Wenn Männer sich an den Fluss setzen, haben sie meistens Finanzbeklemmungen. Nur die Frauen denken, Männer hätten Liebesprobleme. Ich lachte über den Treffer, dann war er fürs Erste vergessen. Von meinen Jugendproblemen redete ich nicht mehr, weil sie zu lange zurücklagen. Ich wusste genau, warum ich meinen Vater nicht mochte und er mich ebenfalls nicht. Ich wusste genau, warum ich anfangs kein guter Schüler war und dann ein rätselhafter Streber wurde. Ich wusste sogar, warum ich in der Jugend Angst vor Liebesbindungen hatte und dann in eine solche hineinstürzte.

In der Zeitung las ich, dass ein wesentliches Moment des Alterns der Gedächtnisverlust ist. Danach hatte ich kaum noch ein schlechtes Gewissen, weil ich begonnen hatte, weite Teile meines früheren Lebens mehr und mehr zu vergessen. Dann fürchtete ich mich vor der Rückkehr meines früheren unmoralischen Lebens. Erst nach diesen Umwegen verstand ich, dass es moralische Versöhnung mit sich selbst nicht gibt und dass wir alle als unverstandene Greise enden. Erst als ich in der Wohnung zurück war, kehrte auch mein reales gegenwärtiges Leben zurück. Ein belangloses Theater in Süddeutschland rief an und fragte, ob ich Lust hätte, eine Sonntagsmatinee mit fünf aufeinander folgenden Vorträgen über die Neue Sachlichkeit zu organisieren. Weit über den Anlass hinaus war ich beglückt über den Auftrag und nahm ihn sofort an. Ich traute mich nicht, meine Verstimmung über das kärgliche Honorar zu zeigen. Ich war wieder angekommen in meiner niedrigen Art, Geld zu verdienen: Ich telefonierte tagelang herum, um ein paar halbwegs prominente Redner zu kriegen, aber das Geld, das ich dafür bekam, reichte hinten und vorne nicht (eine Redensart meiner Mutter), es waren ein paar Brosamen, die der jetzt wieder unverständliche Kulturbetrieb mir vor die Füße warf, und ich wusste nichts Besseres, als mich brav nach ihnen zu bücken. Um meinen Grimm zu drosseln, zog ich meine Jacke an und versuchte, einen kleinen Spaziergang zustande zu kriegen. Aber ich hatte an diesem Tag auch auf diesem Gebiet kein Glück. Es gab zu viele Bauarbeiten und zu viel Lärm ringsum, zu viele Kräne, zu viele Betonmischtrommeln, zu viele Fräsmaschinen, zu viele Metallschneidepressen, deren korrekte Bezeichnung ich nicht kannte. Ich wollte zu diesem Zeitpunkt nicht an Carola denken, aber ich sah plötzlich viele Tattoos bei Verkäuferinnen in Metzgereien, in Chemischen Reinigungen, bei bügelnden Frauen und in Kaffeeröstereien. Mir fiel ein, dass mein Kaffeevorrat zur Neige ging. Prompt dachte ich an meine Mutter, die zu schwach war, eine Vakuumverpackung zu öffnen und mir dann mit plötzlich jungmädchenhafter Anmut zuschaute, wie ich die sogenannte Aromaschutzpackung mit den Fingern aufriss und meine Mutter mich daraufhin küsste. Prompt erschien auf meinem inneren Schirm das Bild von Carola, die unzufrieden war, weil sie nur eine Hobbyläuferin war; sie wollte an Turnieren teilnehmen und dafür Geld kriegen, dann ins Fernsehen geraten und von Rennen zu Rennen berühmter werden. Die Hauptbeschäftigung ihres Alltags bestand darin, es sich in der Schlinge ihrer Ruhmsucht bequem zu machen, so dass sie nicht mehr bemerkte, wie schwierig schon das normale Atmen war.

Es ärgerte mich, dass ich derart abgedroschenes Zeug dachte. Denn abgestandenes Zeug ist schon ein Teil der Schlinge, wie ich leider von mir selber wusste. Ich fühlte, es gab eine Eitelkeit der Verunglückten, der mit keiner Originalität beizukommen war. Denn Unglücke waren nicht individuell, sondern gewöhnlich und normal. Dennoch wollten die Verunglückten fast täglich bis ins Detail wissen, wie ihr Unglück zustande gekommen war, wie sie es hätten vermeiden können und wie das kleine Restglück aussah, das vom größeren Unglück übriggeblieben war. Ich blickte an den Fassaden hoch, als käme von dort ein entscheidender Hinweis, was ich machen sollte. Ein Mann hob sein rechtes Bein, stellte seinen Fuß auf ein Gartengeländer und schnürte sich seinen Schuh etwas fester. Ich betrachtete kurz die faltigen Ohrläppchen einer alten Frau; wahrscheinlich waren die Ohrläppchen daran schuld, dass ich jetzt schon an mein Ende dachte, von dem ich mich, wenn ich in anderer Stimmung war, noch weit entfernt glaubte. Aber man muss an sein Ende denken, lange bevor es da ist, dachte ich mannhaft an mich hin. Ich war momentweise ergriffen von meiner plötzlichen Einsicht und kam mir deswegen nach langer Zeit wieder einmal bedeutsam vor. Ein junges Mädchen mit stark abstehenden Ohren und dennoch hochgestecktem Haar kam vorüber. Ein paar Augenblicke rührte mich der Anblick dieser Souveränität. Endlich sah ich auf den Stufen einer U-Bahn-Haltestelle die Scherben einer Bierflasche und beendete mit diesem Bild meine mir selbst zu schöngeistigen Ausschweifungen.

Von Woche zu Woche wurde deutlicher, dass Carola das Heft in die Hand genommen hatte. Ich war mir nicht sicher, ob ich diese Veränderung würde aushalten können. Es war unbehaglich geworden, wenn wir abends vor dem Fernsehapparat landeten. Durch Carolas Nervosität entstand die wortlose Botschaft, dass alles anders und viel besser wäre, wenn ich eine gute Stellung hätte. Das lag in der Druckluft unserer Zimmer und wurde natürlich auch von mir nicht bestritten. Dann sagte Carola: Ich war in der Familienberatung.

Was wolltest du dort?

Ich wollte mich beraten lassen, wie ich mich verhalten soll. Ich habe der Frau gesagt, dass ich mit dir nicht mehr zurechtkomme, weil du zu wenig und manchmal fast kein Geld verdienst und so weiter.

Und dann?

Die Beraterin hat gesagt, es kommt häufig vor, dass

Menschen mit künstlerischen Berufen irgendwann den Anschluss verpassen, oft durch Zufall.

Aber das wissen wir doch schon längst, sagte ich, dafür brauchen wir doch keine Beraterin.

Eigentlich hatten wir darüber sprechen wollen, ob wir zusammenziehen wollten oder nicht. Durch Carolas peinliches Getue bei einer überflüssigen Familienberatung erlitt ich einen kleinen Angstanfall, der später dazu führte, dass ich bei der Bank vorbeiging und nachschaute, ob mein gespartes Geld noch da war. Mit meiner Bankcard beschaffte ich mir einen mich beruhigenden Kontoauszug. Eine nicht mehr ganz junge Bankangestellte, von der ich eine Weile geglaubt hatte, sie warte heimlich auf mich, war jetzt schwanger. Es war mir nicht klar, warum der Anblick des schwangeren Bauchs mein Isolationsgefühl steigerte. Von der Straße ging, jedenfalls an diesem Tag, keine Bedrohung aus. Ich betrat absichtlich einen Obst- und Gemüseladen, weil wenigstens darin, schon seit Jahren, die Welt stillstand. Ich kaufte ein paar Aprikosen und Birnen und war dankbar, dass nicht auch noch die Frau im Obstladen schwanger war. Beim Hinausgehen traf ich Hanne, der ich nicht gerne begegnete, weil sie mich noch immer zu ihren Sonntagsfrühstücken einlud. Sie schenkte echten französischen Champagner aus, was sie für unwiderstehlich hielt. Ich mochte keinen Champagner und keinen Sekt, und ich mochte keine Frauen, die nach zwei Gläsern nicht mehr aufhören konnten zu kichern. Aber ich weiß, sagte Hanne, du kommst nicht, ich bin viel zu kompliziert für dich. Ich schätze komplizierte und schlichte Menschen gleichzeitig, sagte ich; die Schlichten denken, auch ich sei schlicht, tatsächlich bin ich oft, wenn ich mit Schlichten zusammen bin, von erschütternder Einfalt. Bin ich dagegen bei komplizierten Menschen, erschreckt mich schon der verschachtelte Bau meiner Sätze, so dass ich mich wieder nach mehr Einfalt sehne. Leider denken die Komplizierten sofort, ich sei einer von ihnen. Und wie willst du das zuverlässig feststellen? fragte Hanne.

An der sofort sprudelnden Solidarität dieser Leute, antwortete ich.

Hanne ließ durchblicken, dass ihr mein Kompliziertheitsstatement viel zu lange dauerte. Ich hatte versäumt, etwas mehr Gewicht auf meine Einfalt zu legen. Deswegen fühlte ich mich entlastet, als sie sich kurz darauf verabschiedete. Weil ich das Gefühl hatte, ich hätte bei Carola etwas gutzumachen, betrat ich eine Telefonzelle und rief sie an.

Oh! machte sie; das ist aber selten!

Was?

Dass du dich von einer Telefonzelle aus meldest?! Hat das einen Grund?

Ja.

Sagst du ihn mir?

Sofort! Ich hatte das Gefühl, dass ich zu grob zu dir war.

Warst du auch! Aber deine Einsicht ist, äh, wie soll ich sagen, vorbildlich und macht dich sofort wieder sympathisch.

Willst du nicht auf einen Sprung vorbeikommen?

Wo bist du?

Ich bin in der Nähe des Cafés Stadtgarten.

Dort wolltest du nie wieder hin, sagte sie.

Warum?

Weil der Wein dort so schlecht ist.

Aber wir wissen doch, sagte ich, dass der Wein fast überall zu teuer und noch dazu schlecht ist.

Carola lachte und sagte: Es gibt auch noch das Café Alte Zeiten.

Das ist fast zu hundert Prozent in der Hand von Rentnern.

Hast du was gegen Rentner?

An sich nicht, sagte ich; aber sobald man unter ihnen sitzt, muss man die allgemeine Schwerfälligkeit betrachten, dann werde ich unruhig und nervös.

Wir können uns auch nach draußen setzen.

Geht auch, sagte ich, aber dann besteht die Gefahr, dass eine Kindergärtnerin vorbeikommt und sich mit lärmenden Kindern in unserer Nähe niederlässt.

Aber der Anblick ist doch wenigstens lebendig! rief Carola.

Na schön, sagte ich; ich gehe also in Richtung der Alten Zeiten und warte draußen auf dich.

Ich beeile mich, sagte Carola.

Ich setzte mich an einen leeren Tisch der Alten Zeiten und betrachtete eine Hausfrau, die Mülltonnen verrückte und sie dann lange anschaute. Obwohl mich ihr Verhalten abstieß, fesselte die Frau meine Aufmerksamkeit. Zwei Kindergärtnerinnen näherten sich und zogen mit einer Riesenschar von Kindern vorüber. Zum Glück hatten die Kindergärtnerinnen Verständnis und zogen weiter. Ich wunderte mich, dass die Kinder in einer langen Zweierreihe hintereinander hergingen und sich sogar an den Händen hielten. Die Ordnung erinnerte mich an meine eigene Kindergartenzeit. Auch ich musste damals die Hand eines Nebenkindes anfassen und lernte, was Schweiß ist. Eine Bedienung trat an meinen Tisch, ich bestellte einen Milchkaffee und ein Stück Apfelkuchen. Ich ärgerte mich schon wieder über die Frau im Besetzungsbüro. Sie musste einen Schauspieler nicht kennen und nicht einmal sehen, um schnell zu wissen, dass er müde, lustlos, überdrüssig und fast schon alt war. Es genügte ihr der Klang der Stimme am Telefon, und es war alles klar. Es verlockte mich von Zeit zu Zeit, die Frau ein für allemal zurechtzuweisen, so dass sie für alle Zukunft genug haben würde, einen Schauspieler am Telefon abzuweisen. Ich wusste, natürlich würde ich diesen Mut nicht aufbringen. Es genügte mir die Vorstellung, dass sogar mir eines gesegneten Tages der Kragen platzen würde. Da sah ich Carola am Rand des Platzes auf ihrem Fahrrad. Sie winkte mir zu und suchte einen Zaun, an dem sie das Rad abstellen konnte. Sie kam an meinen Platz und stöhnte, wie man im Sommer stöhnt. Sie nahm die Speisekarte, blätterte sie durch und sagte: Ich weiß nicht, was ich bestellen soll.

Du musst nichts bestellen, sagte ich, ich wollte mit dir nachher sowieso essen gehen.

Dafür bin ich nicht angezogen, sagte sie.

Ich musste lachen.

Dass du lachst, finde ich nicht nett.

Ich lache, weil du glaubst, du seist nicht richtig angezogen.

Wir haben mal vereinbart, sagte sie, dass du mich in Kleiderfragen nicht bevormunden solltest.

Ich bevormunde dich nicht.

Wie würdest du das nennen?

Carola, sagte ich halblaut. Es ist Sommer! Der eine trägt ein blaues Hemd, der andere ein grünes.

Was soll das wieder heißen?

Es soll heißen, dass die Mode im Hochsommer wurscht ist.

Carola erhob sich, nahm ihre Handtasche, ging zu ihrem Fahrrad zurück und fuhr davon.

Ich verlor die Fassung. Die Bedienung war gerade in meiner Nähe, ich bestellte eine Weinschorle und beruhigte mich langsam. Nach einer Weile erinnerte ich mich an meinen toten Vater, der im Sommer zu Hause keine Strümpfe trug. Die Folge war, dass sich bei jedem seiner Schritte die nackten Fußsohlen von den Hausschuhen lösen mussten und dabei ein unangenehmes schmatzendes Geräusch entstand. Den Tag über hatte ich nichts gegen meinen Vater (jedenfalls bildete ich mir das ein), aber wenn ich sein strumpfloses Umhergehen in seinen Hausschuhen hören musste, bildete sich ein kindischer, folgenloser Widerstand. Weil ich das klebrige Geräusch nur kurz ertragen konnte, verließ ich an vielen Abenden die Wohnung und kehrte erst dann zurück, wenn ich sicher sein konnte, dass Vater jetzt im Bett lag und schlief.

Auf diese Weise merkte ich doch noch, dass es so etwas wie einen ödipalen Schatten zwischen uns gab. Ich bemühte mich, ihn nicht ernst zu nehmen. Jetzt, nach so langer Zeit, fragte ich mich, ob ich den mit meinem Vater ausgebliebenen Ödipus-Konflikt mit Carola nachholte. War so etwas möglich? Dazu fiel mir ein, dass es Carola war, die im Bett zwischen uns die ›Führung‹ übernahm. Sie umarmte mich und sagte, dass sie nicht länger warten könne, sie begann, mich noch im Einander-Gegenüber-Stehen in der Küche oder im Badezimmer auszuziehen, sie drückte mich an sich wie ein Kind, das seinen Vater allein haben wollte (obwohl sie keine Konkurrentin hatte), wir waren allein, sie schob mich ins Schlafzimmer und drückte mich ins Bett, ich war überrumpelt und ganz in ihrer Macht, was ich mir gern gefallen ließ, weil auch ich plötzlich nicht mehr denken konnte, und dieses endlich erreichte Nicht-mehr-denken war der Übergang und die Auflösung des Denkens, sie setzte sich auf mich, sie vögelte mich wie ein Mann und deckte mich hinterher doch wieder zu wie eine Mutter. Ihr Verhalten hatte mehr als eine männliche Note, was sie wahrscheinlich bemerkte. Hinterher und danach, wenn sie mich leckte und lutschte, war sie wieder die Mutter, die den Glücksbringer (das Kind) noch einmal überschwenglich herzte, bis es eingeschlafen war. Sie schlief nicht ein einziges Mal vor mir ein, sie wollte sehen, dass ich *mit* ihrem weiblichen Segen einschlief, dann war alles gut. Leider (oder zum Glück) war es uns nicht gegeben, diese Feinheiten hinterher oder am nächsten Tag zu besprechen, was ich an manchen Tagen bedauerte, an den meisten Tagen aber in Ordnung fand, weil ich nicht zu den Menschen gehören wollte, die aus jeglicher Regung zwischen den Geschlechtern eine unausweichliche Sprechstunde machen mussten.

7 An einem Donnerstagmittag, als wir fast gleichzeitig erschöpft waren, eröffnete mir Carola, dass sie mich in Kürze verlassen werde. In der klassischen Literatur, die ich oft in Funkhäusern einlas, heißt es an solchen Stellen: Er war wie vor den Kopf gestoßen. Das war ich tatsächlich. Ich blieb eine Weile sitzen, um zu vermeiden, dass ich gegen eine Wand lief. Danach musste ich kurz lachen, was Carola irritierte. Ich lache, sagte ich, weil ich schon öfter verlassen worden bin; und außerdem lache ich, weil du mir einmal versprochen hast, dass du mich, falls nötig, eines Tages sogar im Rollstuhl umherfahren würdest. Dieses Versprechen gilt nach wie vor, sagte Carola; wenn es soweit ist, rufst du mich an. Darüber musste ich erneut lachen, natürlich mehr aus Verlegenheit. Dann sagte ich: Du verhedderst dich im Dickicht deiner guten Absichten und Versprechungen. Es war mit Händen zu greifen, wie eng unser Spielraum plötzlich geworden war. Und weil ich keine Lust hatte, weder Carola noch mich mit moralischen Erörterungen zu peinigen, sagte ich: Wir können, wenn wir das Bedürfnis danach haben, nächste Woche weiterreden. Carola war erleichtert, sie dankte mir, legte sich einen Gürtel um die Taille und verschwand.

Mir fehlte jeglicher Einfall, was ich jetzt tun konnte, und ich ging deswegen zum Bahnhof und sah den Zügen zu, die in der Bahnhofshalle ankamen und nach einer Weile weiterfuhren. Dieses Vergnügen hatte mir schon in der Kindheit geholfen. Kurz danach fand ich, dass ich für dieses Spiel zu alt geworden war. Ich staunte. Endlich wusste ich, wie man alt wird. Man verarbeitet eine Mitteilung, geht zum Bahnhof, steht dort herum, wundert sich und stellt fest, dass man seit drei Minuten alt geworden ist. Ich versuchte, wieder Anschluss an die Normalität des Alltags zu finden, indem ich nach Hause ging, die Schuhe auszog und das Radio einschaltete. Es erstaunte mich erneut, dass die Nachrichten im Radio höchstens fünf Minuten in Anspruch nahmen. Gab es immer nur pünktlich fünf Minuten lang etwas Neues aus der Welt zu melden? Das Radio pumpte Tag für Tag überflüssiges Wissen in die Welt, das niemand brauchte und deswegen kaum jemand hören wollte. Diesmal wurde ich informiert über eine interreligiöse Konferenz in Rom, über die Frauenrechtsbewegung vor dem Ersten Weltkrieg, über das Zeitungssterben und über Sandverwehungen in der Sahara und, zuletzt, über den Rückgang der Unfallzahlen auf den deutschen Autobahnen.

Ich schaltete das Radio wieder ab und blickte auf meinen Küchentisch. Ich fühlte das kleine Mysterium des halben Brotlaibes, der unterhalb meiner Tischlampe lag. Wenn ich zu wenig aß oder zu viel einkaufte, trocknete das Brot ein und begann, eines seiner vielen Geheimnisse mitzuteilen. Sie liefen oft darauf hinaus, dass ich, der essende und betrachtende Mensch, plötzlich Schuld empfand. Die Brotschuld war süß und kindlich, weil ich, der schuldig Gewordene, die Kraft nicht verstand, die von einem halb eingetrockneten Brot ausging. Ich redete mit Carola, obwohl sie nicht da war und, wenn ihre Ankündigung zutraf, für immer abwesend. Willst du noch einen Rest Rosenkohl? fragte ich in meine verlassene Küche. Es kam keine Antwort. Soll ich dir deine Hausschuhe holen? Wieder keine Antwort. Ich trat ans Fenster, sah auf die Straße hinunter und erblickte ein etwa zehnjähriges Mädchen, das sich ein Eis am Stiel in den Mund schob. Eines Tages würde ihr ein Mann seine Zunge in den Mund schieben und sie würde sich nicht erinnern, dass sie sich vor vielen Jahren ein Eis in den Mund geschoben hatte. Wenn sich Carola mein Geschlecht in den Mund schob, unterbrach sie das Lecken und Saugen manchmal, um sich ein Schamhaar aus der Mundhöhle herauszuziehen. Eigentlich hatte ich Lust, auch über diese kleine Szene zu lachen, aber ich traute mich nicht, denn von der geschlechtlichen Tätigkeit ging ein Ernst aus, der überhaupt nie zu enden schien. Wahrscheinlich war dieser Ernst auch der Grund, warum sich der Beischlaf fast immer nachts und in großer Stille ereignete. Plötzlich fiel mir auf, dass diese Vorgänge ihre Gegenwärtigkeit verloren hatten und nur noch in der Erinnerung auftauchten. Ich dachte schon wieder daran, dass durch einen mir schon jetzt fremden Eingriff meine Sexualität beendet worden war. Es zeichnete sich ab, dass ich mich mit diesem Vorgang noch lange würde herumschlagen müssen. Wenn ich kein Engagement hatte und gleichzeitig keine Frau, blieben für mich nur zwei Varianten des Zeitvertreibs übrig: Ich wanderte entweder in der Stadt herum, oder ich lag mit einem Textbuch auf dem Sofa und wartete dabei auf einen Anruf, der das innere Gefühl der schuldhaften Verharrung beenden würde.

Um die Mittagszeit traf ich eine alte Bekannte, die fast täglich mit ihrem Geiz kämpfte, aber des festen Glaubens war, dass sie diesen schon lange und endgültig überwunden hatte. Sie betrat das Bistro, in dem ich gewöhnlich meine Mittagsmahlzeit verzehrte; sie trat seitlich an mich heran und nahm sich ein paar Pommes frites und zwei kleine Mohrrübchen.

Wundere dich nicht über meine Stummheit, sagte sie, ich habe heute meinen gläsernen Tag.

Die Formulierung gläserner Tag gefiel mir so gut, dass ich sie einlud, sich weiter von meinem Teller zu bedienen.

Oh, machte sie, so freizügig bist du aber nicht oft.

Ich habe eben auch meine Tage, sagte ich.

Sie lachte und nahm sich noch ein paar Pommes.

Ich bin etwas verwirrt, sagte sie während des Kauens, weil ich heute schon so viele Alte und Kranke gesehen habe.

Wie war es denn früher, fragte ich, als es zwar viele Alte gab, aber noch keine Rollstühle und keine Rollatoren?

Guter Gott, kannst du nicht etwas anderes fragen?

Ich überlegte, ob ich ihr erzählen sollte, dass ich von Carola verlassen beziehungsweise verstoßen beziehungsweise übriggelassen wurde, aber ich kam wieder davon ab.

Erst jetzt sagte sie, dass sie seit einem halben Jahr in einem Altenheim lebte.

Ich erschrak so heftig, dass ich mich nicht traute, nach ihren Lebensumständen zu fragen. Ich hatte auch vergessen, dass sie acht bis zwölf Jahre älter war als ich. Selbst beträchtliche Altersunterschiede hatten mich damals nicht abschrecken können.

Ich habe dich seinerzeit fragen wollen, als ich meine Wohnung auflöste, ob du nicht meine Bücher haben wolltest, aber dann habe ich bemerkt, dass meine Bücher noch hinfälliger geworden waren als ich.

Sie kicherte auf eine zittrige Weise, die mir Mitleid einflößte. Ich bewunderte ihren Mut und staunte sie deswegen an, was sie vermutlich nicht bemerkte. Schon wollte ich sie fragen, welche Bedingungen ein Mensch erfüllen musste, um von einem Altenheim aufgenommen zu werden. Ich wunderte mich sowieso, dass sie sich nicht beklagte. Denn es gehörte zu ihrer Lebensart, in einem Klageton zu sprechen, weswegen sie mir schon früher gefallen hatte. Ich selbst wollte eigentlich auch klagen, aber ich fand Klagen unmännlich und beherrschte mich mehr, als mir guttat. Als wir uns verabschiedeten, fühlte ich, dass ich gerne mehr über ihr jetziges Leben erfahren hätte, aber nun war es zu spät. Ach hör' doch auf, sagte ich stattdessen zu mir selber, es ist egal, was nicht passiert. Außerdem war ich schon wieder dabei, die Leute um mich herum zu beobachten. Die meisten Menschen, die von hinten merkwürdig aussahen, sahen auch von vorne merkwürdig aus. Ein Mann kam freundlich auf mich zu, lächelte, streckte die Hand aus, als würde er mich von früher kennen, aber dann bettelte er mich an. Ein anderer Mann zog seinen widerwilligen Hund auf eine Rolltreppe. Eine mir seit langer Zeit bekannte Alkoholikerin trug wieder ihre große schwarze Sonnenbrille, damit niemand ihre ins Gesicht gerutschten Tränensäcke sah. Ich fühlte, dass auch ich schon bald auf Ermunterung angewiesen war, und das Getöse ringsum gab nicht viel her. Ich überlegte, wie die Städte zu ihrem Ruf der Kurzweil und der Unterhaltsamkeit gekommen waren. Zutreffend war das Gegenteil: An jeder zweiten Ecke gab es schlichte, fast schon heruntergekommene Schaufenster, in denen Eheringe, Damenblusen oder Unterwäsche ausgestellt waren. In anderen Schaufenstern gab es Wellensittiche, Küchenuhren und Armbanduhren zu sehen. Im dritten Schaufenster überraschten, ach, ich sah nicht mehr hin. Für meine Bekannten, falls sie mir jetzt begegnet wären, hielt ich Beschimpfungen bereit. Aber meine Bekannten waren verschämt und begegneten mir nicht. Es blieb mir nichts anderes übrig, als ein paar Diffamierungen vor mich hinzumurmeln. Faulender Knöchel, lauf weiter! Verlorenes Auge du! Übrig gebliebener Pudding, kipp dich selber in die Toilette! Niemand hörte es, nur ich selber. Tatsächlich fühlte ich mich erleichtert darüber, dass ich mich selbst wieder einmal diszipliniert hatte. Ich ging in den nächsten Supermarkt, um mir ein paar Pfirsiche zu kaufen, obwohl ich wusste, dass es für Pfirsiche noch zu früh war. In den flachen Holzkistchen lag das seit Jahrzehnten Übliche herum; Radieschen, Kohlrabi, Mohrrüben, dazwischen Trauben aus Chile. Bei einer der zwei Frauen in der Obst- und Gemüseabteilung kaufte ich mir ein Bund Radieschen. Die Frauen gefielen mir besser als die Radieschen; erst durch langes Anschauen der Frauen verschwand das Verlangen nach ihnen. Nach ein paar Minuten waren aus den zwei Frauen wieder zwei Frauen geworden, die ich schon immer gekannt, schon immer verfehlt und schon immer vergessen hatte.

Erst nach etwa zehn Tagen bemerkte ich, dass ich durch den Verlust von Carola in einem sich langsam fortfressenden Desaster gelandet war. Es war, als hätte ich meine Jobs, meinen Beruf, meine Wohnung und mein Geld gleichzeitig verloren. Dabei wusste ich damals noch nicht, dass ich jetzt eine lange Zeit ohne bestimmtes Verlangen und ohne bestimmte Erlebnisse vor mir hatte. Es verging etwa ein Monat, bis sich langsam die Ahnung durchsetzte, dass ich in einem härter werdenden Mangel angekommen war. Mir fiel die Frau ein, die mir im Zug ihre Visitenkarte gegeben hatte. Tatsächlich holte ich die Visitenkarte öfter aus meiner Brieftasche heraus und betrachtete sie, mehr geschah nicht. Mir fiel erneut Carola ein, die mir schon vor Monaten geraten hatte, dass ich mich arbeitslos melden sollte und dann Arbeitslosengeld kriegen würde. Leider war mir dieser Gedanke fremd. Ich war schon öfter arbeitslos, aber ich nannte mich nicht arbeitslos. Meine Sprachregelung lautete: Ich bin gerade ohne Engagement. Wenn ich diesen Satz gesagt hatte, musste niemand über meine Lage erschrecken, auch ich selbst nicht. Der Kontakt zur Behörde musste deswegen vermieden werden, weil das Arbeitsamt dann mit einer Umschulung drohen würde. Das wiederum bedeutete: Das Arbeitsamt war ohne Zögern bereit, mir meinen Beruf zu nehmen. Durch diesen Gedanken rutschte ich in einen Vorstellungszwang mit ungefähr diesem Verlauf hinein: Durch die Gewalt des Arbeitsamtes glitt ich in eine Überforderung, von dort hinüber in die Verzweiflung, von hier aus weiter in die mich fast erstickende Bitternis, von wo aus das endgültig bodenlose Schicksal sichtbar wurde.

Ich staunte über die Stringenz meiner Gedanken. Es wurde mir klar, was auf mich zukam. So fing ich an, Bewerbungen zu schreiben, und fühlte bald, dass ich den dafür richtigen Ton nicht fand, weil schriftliche Bewerbungen in meinem Leben bis dahin nicht notwendig gewesen waren. Es genügte der Anblick einer Motte an der Wand, während ich telefonierte. Ich zwang mich, eine zusätzliche Beobachtung während des Sprechens zuzulassen: *Eine* Motte, das geht noch. Leider entdeckte ich ein paar Tage später eine weitere Motte in einem anderen Zimmer. Ich überlegte, Carola anzurufen. Sie war eine Frau mit hausfraulichem Talent, die sich auch bei abseitigen Problemen zu helfen wusste. Aber dann überkamen mich wieder Bedenken. Würde es für sie beleidigend sein, wenn ich sie in einem derart lächerlichen Fall um Rat fragen würde? Und musste sie nachträglich nicht das Gefühl haben, dass sie recht getan hatte, einen solchen Mann zu verlassen? In der häufigen Wiederkehr solcher Situationen erkannte ich das Reglose und Stumme in mir, das ich nicht verstand, das mich aber erfreute, weil wenigstens meine vertraute Innenwelt wiederkehrte. Ich war für alles dankbar, wenn ich mich nicht bis zur letzten Undeutlichkeit für irgendetwas interessieren musste. Es war schön, die Aufmerksamkeit unterwegs verlieren zu dürfen. Dann hatte ich die Eingebung des Tages: Du musst einfallslos durch die Gegend laufen, und was du dabei siehst, wird dich nicht beunruhigen, denn die Gegend ist dein Leben.

Eine Frau mit einem weißen Teddybär unterm Arm ging vorüber. Ich wartete, dass von irgendwoher gleich ein Kind herbeispringen würde und nach dem Teddybär verlangte. Aber es erschien kein Kind. Vielleicht war die Frau selber das Kind. Ich war dankbar für den Einfall. Tatsächlich gelangen mir nur noch wenig Beobachtungen. Der Strom des Wirklichen glitt immer öfter an mir vorbei wie verbrauchte Luft. Es war immer öfter gleichgültig, welche Straßen ich entlang ging, und es erregte mich nicht mehr, dass ich den Menschen ähnelte, die sich um mich herum bewegten. Einem jungen Mann auf einem alten Moped konnte ich nicht flink genug aus dem Weg gehen und dachte gleich: So lächerlich und klapprig kommst auch du daher. Ich wusste nicht einmal, ob ich mich mit dem Moped oder mit dem jungen Mann identifiziert hatte. Mir fiel ein kurzer Dialog ein, den ich dieser Tage mit einer Kassiererin hatte führen müssen.

Sie fragte: Sammeln Sie Treuepunkte?

Nein, antwortete ich.

Sammeln Sie Fußballbilder?

Nein, wiederholte ich.

Wollen Sie einen Luftballon?

Ich lachte und sagte zum dritten Mal: Nein.

Genau genommen hätte ich zurückfragen können: Was bitte sehr sind Treuepunkte? Zum Glück war mir diese Frage nicht eingefallen. Die Frage nach dem Luftballon hatte mich an meine Kindheit erinnert. Vor dem Schaufenster einer Chemischen Reinigung blieb ich stehen und wartete auf die Wiederkehr von Kindheitsbildern. Plötzlich war ich dankbar für Erinnerungen, die mir früher gestohlen bleiben konnten. Mein Vater legte, wenn er zu Bett ging, sein Gebiss ab. Ich war momentweise wieder ein Kind und sah die Szene. Der abendliche Anblick von Vaters Gebiss in einem Wasserglas hatte mich mehr verstimmt als Vaters Kulturmangel, mit dem ich während meiner ganzen Jugend nicht zurechtkam. Aber jetzt war es schön, wenn das Gedächtnis verschiedene Welten des Erinnerns ineinanderschob und auf moralische Bewertungen verzichtete. Wenn die Erinnerung, wie jetzt, gut war, wirkte sie wie eine vorübergehende Trennung von der Welt. Die Erinnerung war sehr gut, so dass ich über die Zeit stehen blieb. Ich sah in das Schaufenster und stellte fest, dass ich schon länger unter Haarausfall litt. Das heißt, ich litt nicht wirklich, mein Haar war mir nahezu gleichgültig. Noch vor Tagen hatten die Blüten der Magnolien gestrahlt wie ein einziges riesiges Brautkleid. Jetzt waren die Blüten verschwunden beziehungsweise lagen zerknittert und braun auf dem Bürgersteig. Ich stand immer noch vor dem Schaufenster der Chemischen Reinigung und schämte mich ein wenig, dass ich meine stark mitgenommenen Hemden hier immer noch und immer wieder reinigen ließ. Ich müsste mir wenigstens drei neue Hemden kaufen, aber ich hatte keine Lust, ein Kaufhaus zu betreten. Ich brachte stets aufs Neue die alten Hemden in die Reinigung, wo sie noch weiter ausgebleicht wurden, was mich sonderbarerweise beeindruckte. Ich war damit einverstanden, dass nur meine Hemden ausbleichten und ich nicht. Dazwischen war ich besorgt, weil ich vom Rundfunk keine neuen Engagements hatte. Aber ich konnte nicht die Frau vom Besetzungsbüro anrufen und sagen: Sie haben mich zu einem Anhängsel des Senders gemacht, Sie können mich jetzt nicht so einfach fallen lassen. Dann hätte sie nur kurz gelacht und geantwortet: Sie waren von Anfang an ein Anhängsel wie alle anderen auch. Daraufhin hätte ich sie korrigiert: Sie selber haben einmal gesagt, dass ich ein Teil des Zusammenhangs bin. Das sind Sie auch jetzt noch, hätte sie dann geantwortet und wieder gelacht.

Am Frühabend kehrte ich wie immer in meine Wohnung zurück und setzte mich in die Nähe eines großen dunklen Nachtfalters, der seit Tagen an der weißen Wand saß und sich nicht regte. Es war merkwürdig, dass ich nichts gegen den Nachtfalter unternahm. Früher hatte mich der Anblick eines Falters gestört oder sogar beunruhigt. Ich hatte vergessen, dass die Küchenlampe einen kleinen Schaden hatte, den sie mir jetzt wieder vorführte. Wenn ich eine Leiter gehabt hätte, hätte ich mich sofort um die Lampe gekümmert, aber ich hatte keine Leiter. Ich müsste einen Stuhl nehmen und hochklettern. Das traute ich mich nicht, weil ich Angst hatte vor einem plötzlichen Schwindelanfall. Die Furcht vor dem Schwindel versetzte mich ganz schnell in meine Altersangst. Schon herrschte ich mich an: Du musst nicht wirklich alt werden, um den Kontakt zu deinem früheren unbeschwerten Leben zu verlieren. Carola hätte wieder einmal kommen müssen. Aber ich konnte Carola nicht mehr anrufen und nicht mehr sagen: Kannst du nicht mal für eine halbe Stunde zu mir kommen? Carola lebte vermutlich mit einem anderen Mann in neuen Verhältnissen und wollte von mir nicht mehr gestört werden. Solche Sätze sagte ich mehrmals täglich vor mich hin, damit sie in mir steinhart würden.

Ich merkte, dass ich nichts eingekauft hatte. Nicht einmal Mineralwasser hatte ich im Kühlschrank. Falls ich jetzt nicht den Gang in den Supermarkt schaffte, würde ich später in einem Café fragen müssen, ob man mir nicht eine Flasche Wasser verkaufte. Plötzlich hatte ich die Idee, an diesem Abend ein Gedenkessen für Carola zu veranstalten, nur für mich allein: In memoriam Carola. Ich musste verhindern, dass ich zu schnell ein Abendbrot herrichtete, für dessen Verzehr ich höchstens acht Minuten brauchte. Ich bemerkte an mir eine beginnende zarte Verwahrlosung, die ich vorerst Vernachlässigung nannte. Schon stellte ich es mir aufregend vor, ob ich auch bei anderen Menschen Hinweise auf eine Selbstverrohung entdeckte. Ich zog meine Jacke an und überlegte beim Hinabgehen der Treppen, welches Lokal von Einzelpersonen besonders aufgesucht wurde. Ich fand eines in der Nähe meiner Wohnung, in dem ich mich gleich wohl fühlte, weil ich ein paar Männer und Frauen da und dort allein sitzen sah.

Jaja, dachte ich gleich, wir werden von der Wirklichkeit verramscht, ohne es recht zu merken. Eine Frau gefiel mir besonders gut. Sie hatte ein tiefes Dekolleté, aber kaum einen Busen. Ich war in Versuchung, mich bei ihr aufzudrängen. Schon versuchte ich mich an ein paar gemeinen

Sätzen: Jaja, wir haben kaum was im Schaufenster, müssen aber trotzdem angeben. Zur Strafe setzte ich mich allein an einen kleinen runden Tisch. Es gefiel mir, dass ich von anderen Gästen beobachtet wurde. Eine Kellnerin erschien an meinem Tisch und gab mir ein Blatt Papier mit den Tagesmenüs. Tortellini und Hackfleischbällchen mit Pommes sind schon weg, sagte sie. Ich hatte ein Gefühl, als liefe mir eine Ameise über die Stirn. Ich entschied mich für einen Hawaii-Toast und sah umher. Wie so oft witterte ich das Näherkommen des Todes; das Wort Hawaii-Toast hatte ihn angelockt. Meine Kleider, sogar Teile meines Körpers strahlten etwas Zerknittertes und Staubiges aus. Der Tod wird das erste und einzige Erlebnis sein, von dem ich hinterher nicht mehr würde sagen können, wie es war. Ich stellte es mir jetzt schon vor und wunderte mich, dass sich kein einziges Bild in meiner inneren Bildermaschine einstellte. Ich war immer noch nicht reif genug, um zu begreifen, dass es ein zärtliches Scheitern gab. Danach erinnerte ich mich an Carola, wie sie vor vielen Jahren geküsst hatte. Ihre Zunge zuckte seinerzeit wie ein kleines erschrecktes Fischlein in meinem Mund umher, was mir damals sehr gefallen hatte.

8 Als verlassener Mann schloss ich gegen Mittag die Wohnung ab und machte mich auf den Weg. Ich verstand Carola jetzt weniger als in den Jahren davor. Sie tat jetzt so, als hätte sie mich gar nicht verlassen. Ich war fassungslos über diese Inkonsequenz, aber ich hatte auch Gefallen an so viel eingestandener Unlogik. Ich kam auf den Gedanken, dass man sich für das sogenannte normale Leben niemals eine Ethik zurechtlegen sollte. Erneut dachte ich einen Satz, den ich vor kurzem so ähnlich schon einmal gedacht hatte: Von etwas, was niemals geschehen war, sollte man keine Regeln ableiten. Wenn etwas niemals eintritt, war es auch nie wichtig gewesen. Ich betrat ein halbleeres Bistro, das ich oft aufsuchte, weil es ein paar Fensterplätze hatte, von wo aus die vorübergehenden Menschen leicht betrachtet werden konnten. Ich saß da und versuchte nachzudenken. Aber entweder konnte ich nicht nachdenken oder die Faktenlage war zum Nachdenken zu dürftig. Ich konnte die Situation auch mit einem anderen Satz ausdrücken: Ich war Schauspieler und wollte es nicht länger sein. Zum wiederholten Mal überlegte ich, ob ich für vierzehn Tage verreisen sollte, um wenigstens vorübergehend meinen Problemen zu entkommen. Ich hatte nicht viel Geld, und ich musste darauf achten, dass es mir nicht allzu schnell abhanden kam. Obwohl Carola und ich getrennt waren, trafen wir uns wieder. Carola hatte einen anderen Mann, hörte ich, aber sie konnte nicht mit ihm schlafen und er nicht mit ihr. Es ist schrecklich, sagte sie, ich habe immer gedacht, beischlafen kann doch jeder mit jedem zu jeder Zeit, mein

Gott, wie ahnungslos ich bin. Im Bistro hielt sich eine offenbar verwirrte Japanerin auf und überforderte mit ihrem Gerede die anderen Leute. Sie war schön, hielt eine japanische Zeitung in der Hand, sprach deutsch, brachte aber nur verdrehte Sätze zustande. Ich hörte ihr zu und erinnerte mich fortlaufend an Carola. Vor ein paar Tagen sagte sie: Ich trau mich nicht, dich zu fragen, ob du nicht wieder mit mir schlafen willst. Und ich wagte nicht zurückzufragen, wie das funktionieren sollte: Ein Paar, das soeben aufgehört hatte, eines zu sein, sollte ausgerechnet jetzt den Beischlaf fortsetzen? Dann sagte ich es doch, aber aus Versehen verwendete ich nicht das Wort Beischlaf, sondern erfand ohne Absicht das Wort Beischlag, worüber ich erschrak, weil es einen Aspekt meiner Verletztheit so deutlich ausdrückte. Carola griff mit beiden Händen nach meinem rechten Arm und konnte doch nichts sagen.

Es drängte mich danach, eine Art Inventur zu machen. Wenn ich es recht wusste, besteht eine Inventur aus zwei Schritten: 1. Eine Bestandsaufnahme dessen, was da ist. Und 2. Nach der Bestandsaufnahme eine Handlungsüberlegung: was zu tun sei mit den Beständen. Am liebsten war ich ein Betrachter der Bestände, alles andere war mir zu kompliziert und deswegen Angst hervorrufend. Ich war dankbar, als ich zwei Kinder bemerkte, die weitere Überlegungen überflüssig machten. Die Kinder waren begeistert und erregt, weil sie eine Maus an einer Hauswand entlangrennen sahen. Wahrscheinlich kannten sie Mäuse nur aus ihren Bilderbüchern, und die sahen fast immer niedlich aus. Die echte Maus war zu klein, zu unscheinbar und zu rätselhaft. Besonders der lange Schwanz verwirrte die Kinder. Die Kinder rannten dem Tier nach und wollten es einfangen, aber die Maus, fluchtgeübt, war plötzlich verschwunden. Zum wiederholten Mal dachte ich: Dein Leben ist nicht verpfuscht, es steht nur still. Manchmal wollte ich sagen: Sehen Sie mal, wie unbeholfen ich daherkomme. Meine Unbeholfenheit ist nicht gespielt, obwohl ich Schauspieler bin! Ich trug eine bessere Welt stets mit mir herum; für den Fall, dass es eine bessere Welt einmal geben sollte, war ich vorbereitet. Weil ich nicht flüchten konnte, entstand aus dieser Fixierung eine Art Zwang und aus diesem Zwang eine Schuld. Ich lobte mich selbst: Wie fabelhaft du wieder denken kannst! Wenn sich der Zwang allerdings verstärken sollte, würde die Anmutung der Verrücktheit aufkommen, mit der ich nicht so locker würde umgehen können. Aus Einfallslosigkeit kaufte ich eine Zeitung. Das bedeutete, dass ich in Kürze ein Café betreten und dort meine schwächliche Tagesstimmung verlieren würde. Ich betrachtete ein paar ganz junge Mädchen, die jetzt schon wie erfahrene Frauen lachten. Ein etwa achtjähriges Kind mit zu großer Plastiktüte ging vorüber. Die Tüte glitt knapp über dem Gehweg dahin und stieß gegen das linke Bein des Kindes. Ich ging doch nicht in ein Café, sondern ließ mich von den vorüberkaspernden Bildern zerstreuen, was auch nicht gelang. Ich sah einen Bekannten, mit dem ich früher häufiger zusammen war. Gerade wollte ich überlegen, ob ich ihn begrüßen sollte, da griff er mit der Hand in einen Abfallkorb und durchsuchte ihn. Ich war verdutzt und ratlos. Jetzt hatte ich doch genug von diesen Anblicken und ging rasch wieder nach Hause. Selbst in der Wohnung war ich umfangen von dem nicht verschwindenden Gefühl der Überforderung, das irgendwas nicht begreifen wollte. Da klingelte das Telefon. Am anderen Ende war der Chef eines

Kellertheaters, den ich flüchtig kannte. Er bot mir ein Engagement in seinem Theater an.

Als Schauspieler, sagte er, nicht als Kartenabreißer! Allerdings ohne Honorar.

Ganz ohne Honorar?

Tut uns leid, ja.

Und wovon soll ich leben?

Diese Frage stellen wir uns fast täglich, sagte der Mann vom Kellertheater.

Tut mir leid, antwortete ich, ich bin kein Kultursamariter, ich will für meine Arbeit bezahlt werden.

Und wenn es keine bezahlten Jobs mehr gibt?

Um meinen Ärger zu verbergen, lachte ich.

Ich glaube, wir beenden diesen Kontakt, sagte ich.

Dieses kurze Gespräch war das vermutlich sinnloseste meiner bisherigen Existenz. Jetzt war ich in der richtigen Stimmung für eine Zimmerteilreinigung. Ich holte den Besen aus der Kammer und kehrte die Staubwölkchen unter dem Bett und dem Sofa hervor. Danach reinigte ich die Toilette, das Waschbecken, die Badewanne und das Spülbecken in der Küche. Fertig! Schon hatte ich Angst, dass ich künftig öfter die Wohnung putzen würde, sobald mich das Gefühl beschlich, dass es *so* nicht weitergehen konnte. Schon wieder befand ich mich in einem starken Durcheinander der Nichtauthentizität, in das ich mich so massiv hineinsteigerte, dass sich die Nichtauthentizität im Handumdrehen in eine echte Authentizität verwandelte. Wenn ich geahnt hätte, was dabei herauskommt, wenn man bloß schuldlos zu leben wünschte! Ich war mit Putzen fertig und saß jetzt da, schaute aus dem Fenster. Es war erst Mittwoch, und ich wollte, dass es sofort Donnerstag wird. Schon morgens gingen junge Frauen durch die Straße und zogen Rollkoffer hinter sich her. Das Radio spielte Schuberts Impromptus. Das Radio war klein, es rührte mich, es funktionierte schon so lange. Wenn es draußen so heftig Sommer wurde, wusste ich kaum, was aus mir noch werden sollte. So etwas war mir noch nie passiert: Eine Frau, die sich von mir getrennt hatte, kehrte zurück, als wäre nichts geschehen. Carola hatte sich zuletzt kaum noch anziehen und zur Arbeit gehen wollen. Es passte ihr nicht, dass ich im Bett bleiben und, wie sie meinte, den Erschöpften spielen durfte. Sie glaubte mir nicht, dass ich tatsächlich erschöpft war. Auch dann, wenn sie das Bett verlassen hatte, dauerte es lang, bis sie mit dem Anziehen begann, weil sie zwischendurch gewisse Körperteile untersuchte. Sie nahm ihre Brustwarzen in die Hand, bog sie nach oben und betrachtete sie von allen Seiten, wie ein Kind seine Zehen anschauen will. Während Carola mit sich beschäftigt war, gab ich mich meinen Phantasien hin, die ich vor ihr verheimlichen wollte. Ich stellte mir vor, wenn ich ein kleines Kind hätte, würde ich meine Frau bitten, das Kind so lange wie möglich an die Brust zu nehmen. Ich glaubte, darüber würde allmählich eine Familienlegende entstehen, weil das Kind nur deswegen so gesund, lustig und stark geworden wäre, weil ich so gerne dabei zugesehen hätte, wie das Kind erschöpft, aber glücklich an der Brust eingeschlafen wäre.

Carolas Lust, abends ins Theater zu gehen, hatte deutlich nachgelassen. Meiner Einschätzung nach lag darin ein Zeichen von beginnender Melancholie. Carola selbst bemerkte ihre Melancholie nicht, weil sie die Gründe für das Verschwinden ihrer Anteilnahme immer bei äußerlichen Anlässen sah und nie bei sich selbst. Darin lag meines Wissens der Grund, warum so viele Kulturmelancholiker ihr Leiden nicht ausfindig machen konnten. Im Theater wurde Carola schon nach etwa fünfzehn Minuten unaufmerksam. Danach hörte sie auf (und sagte es mir), die Vorgänge auf der Bühne zu begreifen. Sie begann umherzublicken und die Garderobe der Leute zu studieren. Dasselbe galt für ihre nachlassende Freude an der Sexualität. Wenn ich zu ihr wollte, öffnete sie die Beine, das war alles. Ich wartete darauf, dass sie mir die Schuld an ihrer inneren Abwesenheit gab. Es war wie im Theater: Etwas Äußerliches leistete nicht mehr die Freude von früher. Wenn sich ankündigte, dass sie wieder keinen Orgasmus haben würde, wurde ihr Atem keuchend und angestrengt. Ich hatte den Eindruck, in der gewollten Selbstankündigung des Orgasmus (durch Keuchen), steckte in Wahrheit die Ankündigung von dessen Ausbleiben. Ich hatte es ein wenig besser. Ich wusste zwar auch nicht, was eigentlich mein Haupterlebnis bei der Sexualität war, aber ich hatte durch häufige Abbrüche und Zurückweisungen (von Carola) Übung darin, mit dem offenen Ende von Sexualität zurechtzukommen – worüber ich ebenfalls nicht redete, weil ich bei Carola nicht das Gefühl einer generellen Benachteiligung der Frau hervorrufen wollte. Es störte mich ohnehin die Art meines fürsorglichen Denkens. Schon das Umherstreifen schauriger Blondinen in der Innenstadt spornte den Seelsorger in mir an. Es beunruhigte mich, dass ich immer öfter den älteren Menschen ähnlicher war als den Jungen. Niemand schien es zu beunruhigen, dass an den Schaufenstern vieler Geschäfte Schilder mit dieser Mitteilung hingen: Wegen Geschäftsaufgabe geschlossen. Ich musste verbergen, dass ich mich zeitweise meinem alten Schlendrian überließ. Was mich individuell am meisten beeinträchtigte, war die mich nicht verlassende Zwangsvorstellung, dass ich selbst in einer glanzvoll gespielten Verwahrlosung immer noch gute Honorare einstrich. In dieser Zwiespältigkeit war es mir nur recht, dass ein Kollege eine Party veranstaltete und Carola und mich dazu einlud. Obwohl wir getrennt waren, funktionierten wir nach wie vor als Paar. Mancher wusste nichts von der Trennung, was uns auch gefiel. Sollten wir die Rollen von Getrennten spielen, obgleich wir uns als Paar nach wie vor selbst beeindruckten?

Die Party fand an einem Samstag statt, und das hieß: Ihr könnt euch betrinken, am nächsten Morgen ist Sonntag, und wir können uns alle ausschlafen. Eigentlich war das Thema Party für mich ein abgeschlossenes Kapitel, aber Carola wollte nicht allein erscheinen und dann zudringliche Fragen beantworten müssen. Außerdem war Carola versteckt geizig und trank deswegen gern auf Kosten anderer. Es steigerte ihre Laune schon jetzt, dass sie sich die ganze Nacht keine moralisierenden Vorhaltungen machen musste. Ich dagegen hatte Angst davor, dass sie sich nach der Party übergeben und dass ich ihr helfen musste. Ich war nur der erste anwesende Helfer. Die Leute auf der Party interessierten mich nicht. Ich sah dabei zu, wie sich Carola betrank, manchmal mit Verbitterung. Ich fragte mich, warum Carola nicht mit einem neuen Partner erschien; beziehungsweise ich hielt es allmählich für denkbar, dass sie keinen neuen Mann an ihrer Seite wollte und auch darüber nicht reden mochte.

Einige unserer Freunde durchschauten meine Rolle und machten flaue Scherze. Ahhh, da ist wieder der Frauenbetreuer vom Roten Kreuz, sagten sie und schauten weg. Ich nahm an, Carola bemerkte nicht die Witze, die auf ihre und meine Kosten gemacht wurden. Die Situation schmerzte mich immer öfter; ich sah auf meine gebundenen Hände und schwieg. Carola war schon einmal beinahe damit einverstanden, bei den Anonymen Alkoholikern eine Entwöhnungskur mitzumachen. Als sie aber von der Anwesenheit der Angehörigen der Trinker bei diesen Sitzungen hörte, schwand ihr Interesse.

Aber das Mit-dabei-sein der Angehörigen ist doch naheliegend, sagte ich seinerzeit.

Wieso denn, fragte sie zurück, die Angehörigen trinken doch nicht, oder sehe ich das falsch?

Aber sie leiden unter dem Alkohol oft sogar heftiger als die Trinker, sagte ich.

Davon wollte Carola nichts wissen, sie glaubte es nicht. Ich war nahe daran, ihr zu schildern, was für eine Tortur es für mich war, sie über die Kloschüssel zu halten, weil sie nicht einmal die Kraft hatte, sich am Rand der Schüssel festzuhalten.

Jetzt hatte ich wieder kaum einen Antrieb, nur wegen eines lächerlichen Einkaufs noch einmal die Wohnung zu verlassen. Aber ich wollte auch die kleinen Veränderungen im Supermarkt selbst beobachten. Neulich hatte ich bemerkt, dass die Kassiererinnen seit kurzem weiße Plastikhandschuhe während der Arbeit trugen. Diese Neuerung fand ich rätselhaft und abschreckend, denn plötzlich erschienen die Kunden wie unangenehmer, umherlaufender Müll, vor dem man sich als Kassiererin in Schutz nehmen musste. Ich brauchte nur ein kleines Brot, ein Päckchen Feinseife, zwei Avocados und ein paar Orangen für den Fall, dass ich nachts nicht schlafen konnte und nur durch den Verzehr einer Orange wieder in den Schlaf zurückfand.

Auf dem Weg zum Supermarkt litt ich unter meiner Angewohnheit, dass ich notwendige Erledigungen zu oft und zu lange hinausschob. Mit diesen Aufschiebungen hing es zusammen, dass aus meinem Leben mehr und mehr ein vertagtes Leben wurde. Im Supermarkt zerstreuten sich mürbe Menschen, die ich gerne anschaute. Meine Tendenz zur Lebensaufschiebung war auch der Grund, warum ich mir Tomaten kaufen würde; ich legte sie in der Wohnung da und dort hin, um mich an ihrem Anblick zu erfreuen. Dieses Vergnügen würde wieder nicht auf gewünschte Weise funktionieren. Irgendwann würde ich in der Wohnung herumstehen, die Tomaten anschauen und mich wiederholt fragen: Worin besteht eigentlich die Botschaft der Tomaten, auf die du so gern hereinfällst?

Mir fiel Carola ein, die vor einiger Zeit eine erstaunliche Bedingung in die Welt gesetzt hat. Ich gehe mit dir bald nicht mehr ins Bett, sagte sie, wenn du dir nicht endlich neue Unterwäsche und mindestens zwei neue Hemden kaufst. Ich stöhnte, was sie überhörte.

Ich weiß, sagte sie, du bist auf dieses Thema nicht gut zu sprechen, aber es ist mir ernst.

Ich verstand die Dringlichkeit nicht und fragte: Was ist dir daran so ernst?

Ernst ist mir, sagte sie, dass ich nachts deinen Anblick im zerfetzten Unterhemd nicht länger ertragen kann. Du könntest deine löchrigen Unterhemden nachts einfach ablegen, aber das kriegst du auch nicht hin.

Ich stöhnte erneut.

Du verlangst unausgesprochen, dass ich mich immer wieder neu mit einem verlotterten Mann ins Bett lege und dass ich das auch noch toll finde.

Du solltest dich nicht zur diensthabenden Unterhemdeninspektorin entwickeln, sagte ich.

Mir bleibt nichts anderes übrig, sagte Carola; ich bin dir bei weitem nicht so nah wie deine Gewohnheiten.

Der Satz gefiel mir zwar, trotzdem sagte ich nichts und schaute weg.

Oft frage ich mich, sagte sie, ob ich das wirklich verdient habe: mit einem Mann im Obdachlosen-Outfit das Nachtlager zu teilen.

Und was soll jetzt geschehen?

Das kann ich dir sagen; wir gehen jetzt zusammen in die Stadt –

Das geht nicht, unterbrach ich sie, ich muss Text lernen.

Bis zu diesem Augenblick hast du kein Rollenbuch und kein Reclam-Heftchen in der Hand gehabt. Deswegen gehen wir jetzt zusammen in ein Kaufhaus und schaffen Unterwäsche an.

Ich bin doch nicht mehr acht Jahre alt, sagte ich.

In Sachen Unterwäsche bist du ein Achtjähriger, und das weißt du genau. Bitte zieh deine Schuhe an, wir gehen los.

Ich wusste mir nicht mehr zu helfen. Im Spiegel warf ich einen Blick auf mein Unterhemd und verzichtete auf Widerstand.

Du musst keine Angst haben, sagte sie.

Hab' ich aber.

Wovor denn?

Vor diesen Kaufmenschen in den Warenhäusern, ich sehe sie jetzt schon. Es sind fast nur Frauen! rief ich aus, ist das nicht sonderbar?! Ein Mann ist für diesen Nahkampf nicht geeignet.

Carola lachte. Bist du bereit?

Ja, nein, doch, ja.

Wir verließen die Wohnung (meine) und gingen zur U-Bahn-Station. Ich bildete mir ein, dass ich ein bisschen zitterte, aber es fiel niemandem auf. Die Leute stöhnten in der U-Bahn, was ich gern hörte. Die Leute drückten die Zumutung aus, dass das Betreten einer U-Bahn einem Schmerz ähnlich war. Die Menschen in den Städten waren auf die U-Bahnen genauso angewiesen wie auf Toiletten und Lautsprecher und Rolltreppen. Nach etwa sieben Minuten inneren Schimpfens ergab ich mich meiner Stummheit. Vermutlich war Carolas Stimmung gereizter als meine. Ich konnte mir kaum vorstellen, was in Kürze geschehen würde: Eine Frau kauft für einen beschämten Mann Unterwäsche. Ich hätte sie gern gefragt, ob sie das schon einmal einem anderen Mann zugemutet hatte, aber ich wollte sie nicht provozieren. Außerdem wollte ich nicht gerne vor mir selber zugeben müssen, dass mein einziges Motiv nicht irgendwelche zerfetzten Unterhemden waren, sondern meine Eifersucht auf vorgestellte andere Männer. Man kann eben nicht zu anderen Menschen aufrichtig sein und *gleichzeitig* zu sich selbst. Ich sah einen Mann, der in der U-Bahn mit einer Plastikgabel Nudeln aus einer Pappschachtel herausangelte und sie langsam aß, den Körper dabei nach vorne gebeugt. Nicht weit von mir lag ein halbnackter Säugling in einem Kinderwagen; er bog seinen linken Fuß nach oben und lutschte an seinem großen Zeh.

Willst du nach wie vor Unterhemden mit kurzen Ärmeln? Oder darf's auch mal was anderes sein?

Nein, sagte ich, ich will das, was ich immer wollte.

Carola lachte kurz.

Zwei Stationen weiter stiegen wir aus und erreichten auf

kürzestem Weg eine Abteilung Unterwäsche Herren. Carola verhielt sich routiniert und effektiv. Sie wusste, dass ich zu den Menschen gehörte, für die das Aufeinandertreffen von Hitze, Lärm und Gedränge zu den schwereren Belastungen gehörte. Nach kurzer Zeit standen wir in einer Unterwäsche-Abteilung von der Ausdehnung einer Autobahn-Tankstelle. Ich beobachtete einen Mann, der sich hilfesuchend hinter einer Frau versteckte und empfand sofort Sympathie mit ihm. Da probierte Carola vor den Augen vieler Leute mehrere Unterhemden an, indem sie mir die Wäschestücke der Länge nach auf den Oberkörper legte und dann sagte: Die nehmen wir. Dieser Kauf von Unterhemden war die schnellste Kaufhandlung, deren Opfer ich je gewesen war. Der Erwerb eines halben Dutzends Unterhosen verlief noch schneller. Carola wusste, es war mir gleichgültig, ob eine Unterhose dunkelgrün, hellblau, schwarz oder gestreift war. Nach wenigen Minuten standen wir schon an der Kasse. Carola gab mir ein Zeichen, dass ich bezahlen sollte. Ich reichte der Kassiererin zwei Scheine und suchte schon nach dem Ausgang. Wir waren uns einig, dass wir auf den Besuch des sogenannten Erfrischungsraums verzichteten. Ich war in dankbarer Stimmung. Ich hatte niemals für möglich gehalten, dass der Kauf von Unterwäsche glückhafte Momente haben könnte.

9   Wie so oft wachte ich gegen vier Uhr morgens auf. Ich sah auf meine Armbanduhr und stellte fest, dass die Uhr nicht mehr die Zeit mitteilte, sondern eine neue Batterie brauchte. Eigentlich benötigte ich die Uhr zu dieser frühen Stunde noch nicht. Es genügte ein Blick in Richtung Fenster; und wenn es draußen hell wurde, dann war auch mir klar, dass soeben ein neuer Tag begann. Dabei trug ich meine Armbanduhr kaum noch. In meiner Wohnung gab es zwei kleine Wecker, die ich kaum beachtete. Denn ich hörte morgens im Radio gewöhnlich eine lange Kultursendung, in der die Zeit immer wieder angesagt wurde. Das Uhrenproblem reichte viel tiefer. Ich konnte eine stehengebliebene Uhr weder mit mir herumtragen noch zu Hause ablegen. Erst dann, wenn ich meine reglos gewordene Armbanduhr mit einer neuen Batterie gezwungen hatte, wie alle anderen anständigen Uhren die Zeit anzugeben, fühlte ich mich wieder als Mitglied einer geregelten Welt. Mit der U-Bahn fuhr ich später in die Stadt. Die Schönheit der Frau in der Uhrenabteilung eines Kaufhauses löste panikartige Gefühle bei mir aus. Ich war plötzlich überzeugt, wieder einmal zu spät gekommen zu sein. Da ich gleichzeitig ergriffen war von der Schönheit der Frau, wusste ich mal wieder nicht, worauf es im Dasein in letzter Instanz ankam. Brauchte der Mann eine blöde Uhr oder eine schöne Frau? Ich schaute der Uhrmacherin dabei zu, wie sie meine Uhr öffnete, die alte Batterie herausnahm und eine neue einlegte. Ich bedauerte, dass meine Uhr keine größeren Umstände hervorrief. Die Frau stellte die

Zeit ein, gab mir die Uhr zurück und tippte einen niedrigen Betrag in die Registrierkasse. Aus Dankbarkeit trieb ich mich eine Weile in dem Kaufhaus herum. Auf der Rolltreppe störten mich zwei Omas, die sich einig waren, dass die Cafeteria im sechsten Stock altenfreundlich sei. Plötzlich konnte ich das Erdgeschoss nicht mehr überblicken und vergaß die schöne Uhrmacherin im Würgegriff der allgemeinen öffentlichen Vergewaltigung. Das war pathetisch gedacht, gefiel mir aber trotzdem. Als ich erkannte, dass ich in der Cafeteria angekommen war, drehte ich mich um und fuhr auf der Gegenrolltreppe ins Erdgeschoss hinunter.

Ich kam an der Uhrmacherin vorbei, was diese offenbar nicht schätzte. Als sie mich erkannte, verschwand sie in einem seitlich gelegenen Pausenraum. Ich verstand die Fernabweisung und verließ das Kaufhaus. Da erlitt ich eine halluzinierte Nähe zu Carola. Ich war plötzlich überzeugt, heute würde ein Brief von ihr eintreffen und mir mitteilen, dass sie am Leben sei und dass wir uns bald wiedersehen. Obgleich ich sofort wusste, dass es sich um einen inneren Spuk eines Verlassenen handelte, durchzuckte mich die Botschaft so heftig, dass ich sofort nach Hause fuhr. In der U-Bahn fiel mir ein, dass sich Carola durch mein langsames Streicheln ihres Busens häufig an ihre Kindheit erinnert fühlte. Wenn sie als Kind krank war und im Bett bleiben musste, setzte sich ihre Mutter auf den Bettrand, rieb ihr die Brust mit einer Salbe ein, hörte aber mit der Bewegung des sanften Einreibens lange nicht auf, bis Carola eingeschlafen war – genauso wie bei mir drei Jahrzehnte später. Carola war darüber oft verwundert, weil sie nicht glauben mochte, dass die Wirkung von Zärtlichkeit in den Schlaf führte. Unsere Propaganda, sagte sie, behauptet doch das Gegenteil:

dass Sex ewige Aufregung bringt. Sie lachte selbst nach diesem Satz, so dass ich nicht überlegen musste, was ich denn darauf sagen sollte.

Der Tag zog vorüber, und ich erhielt keinen Brief von Carola. Aber dann fiel mir ein, dass es derzeit einen Poststreik gab. Oder einen Eisenbahnerstreik? Einen Pilotenstreik? Einen Schornsteinfegerstreik? Oder alles zusammen? Eine halbe Stunde später rief das ZDF an. Es war ein Doktor (den Namen verstand ich nicht) und sagte, dass ich in einer TV-Produktion im kommenden Jahr eine Hauptrolle kriegen werde. Es ärgerte mich, dass ich sprachlos war, aber ich war es. Ich traute mich nicht zu fragen, wie sie auf mich gekommen waren. Der Doktor sagte es ohne Aufforderung: Ein Kollege hatte mich in einer Aufführung des Bonner Theaters gesehen und war beeindruckt.

Hatten Sie noch nie eine Fernsehrolle? fragte der Redakteur.

Doch, sagte ich, aber es ist schon eine Weile her.

Es gibt auch viele Schauspieler, sagte der Redakteur.

Am Schluss rang ich mich durch, nach dem Honorar zu fragen.

Der Doktor war nicht verwundert und sagte: Neuntausend.

Ich antwortete nicht.

Ist das in Ordnung? fragte der Fernsehmann.

Ja, sagte ich, ich bedanke mich.

Etwa zwei Stunden später wunderte ich mich, dass das Fernsehen angerufen und nicht geschrieben hatte. Ein Engagement dieses Kalibers bedurfte gewöhnlich der Schriftlichkeit. Ich überlegte, ob ich zurückrufen sollte. Ich wusste weder den Namen des Dr. noch seine Hausnummer noch sonst etwas. Ich saß etwa eine Stunde lang herum und wurde darüber trübsinnig. Schon hielt ich es für möglich, dass sich jemand mit mir einen Scherz erlaubt hatte. Aber wer sollte das sein? Ich kannte nur ein paar andere Schauspieler, ernste Männer wie ich, von denen keiner in Frage kam.

Am frühen Nachmittag rief das ZDF wieder an.

Ahhh, machte ich.

Können wir besprechen, wie es mit Ihrer Zeit aussieht?

Klar, sagte ich, aber sagen Sie mir bitte vorher Ihren Namen und Ihre Telefonnummer.

Sanner, sagte er.

Dr. Sanner? wiederholte ich.

Genau, sagte er und nannte seine Nummer.

Ich notierte die Nummer und bedankte mich erneut.

Ich wollte die Neuigkeit sofort Carola mitteilen. Zum ersten Mal stellte ich mir vor, wie es wäre, wenn ich eine andere Frau anrufen könnte. Ich verstand nicht, warum es so lange dauerte, bis ich eine neue Frau hatte, und ich verstand noch weniger, dass ich vielleicht überhaupt keine Frau mehr finden könnte. Ich hielt es für nicht ausgeschlossen, dass ich meinen Wunsch nach einer Frau schon für erfüllt hielt, weil ich ihn so oft dachte. Indem du dich so oft mit einer nicht vorhandenen Frau beschäftigst, ist die Frau ja schon in deinem Kopf, das heißt, sie ist für dich wirklicher als eine wirkliche Frau. Wenn dieser Fall eintrat, würde ich verrückt geworden sein. Zufällig sah ich auf den mit Geschirr und Gläsern vollgestellten Tisch und erinnerte mich, dass die Tischdecke ein Geschenk von Carola war. Zweifellos war es meine Hauptbeschäftigung geworden, mich dem Eingedenken an Carola hinzugeben. Ich rettete mich in die Idee, dass mein inneres Anliegen (Sprachlosigkeit) ehrenvoll war. Es ist verzeihlich, dachte ich, in dieser Situation das falsche Wort (Eingedenken) im Kopf zu haben. Eingedenken wäre angebracht, wenn Carola tot wäre. Ich war meinen eigenen Überlegungen kaum gewachsen. Deswegen war ich dankbar, dass in diesen Augenblicken ein kleines Tier in die Küche flog und auf dem Tisch Platz nahm. Es war eine Art Heuschrecke von der Größe zweier Schnaken. Das Tier war verblüfft, regte sich nicht, schaute mich aber an. Es war grasgrün und hatte winzige Stielaugen.

Ich weiß auch nicht, warum du hier bist, sagte ich.

Das Tier antwortete nicht. Ich fasste es vorsichtig mit Daumen und Zeigefinger und trug es hinaus auf den Balkon. Ich setzte es auf das Eisengeländer und blieb eine Weile an der Balkontür stehen. Ein einziger Sprung genügte dem Tier, um auf der nahen Platane zu landen. Ich hatte keinen Schluck Wein im Haus und war außerdem allein. Ich war ein ordentlicher Mensch und nahm, wenn ich einkaufen ging, die leeren Flaschen mit. Der Supermarkt war nah, groß und anspruchslos, dabei zerstreuend, unterhaltsam und komisch. Eine Frau mit einem riesigen Plastiksack voll mit leeren Flaschen war vor mir dran. Der Automat nahm nicht alle Flaschen sofort an und arbeitete langsam. Zunächst schob er Flasche für Flasche nach hinten in seinen Transportschlauch, nahm aber nicht jede Flasche an. Das Kind von der Frau wollte unablässig auf den Knopf drücken. Jetzt doch nicht, zischte die Mutter das Kind an, mein Sack ist doch noch halbvoll, siehst du das nicht? Das abgewiesene Kind schlug seitlich auf die Mutter ein, die Mutter hielt die Schläge kommentarlos aus. Während ich wartete, fiel mir ein, dass meine Uhr trotz neuer Batterie nicht funktionierte. Obwohl ich die Uhrmacherin gerne wiedergesehen hätte, wollte ich mich nicht vor ihr aufspielen. Wahrscheinlich musste ich mir eine neue Uhr kaufen, außerdem einen hellen Sakko und ein paar Sommerschuhe.

In der Wohnung öffnete ich die Weinflasche, nahm die Zeitung und setzte mich an den Tisch. So sah die Feierstunde einer überraschend vereinzelten Person aus. Ich hatte Mühe, das Gefühl zurückzuweisen, zwei Männer hätten mich in der Nacht heimlich an die Wand genagelt und am Morgen vergessen, mich wieder von der Wand herunterzunehmen. Draußen war es sonnig, in der Ferne ratterte ein Zug vorüber, vom Stamm der Platane fielen Einzelstücke der Rinde in den Hof. Es war, wie es war: Ich war allein und trank allein. In der Zeitung stieß ich auf Worte, die mir nicht bekannt (vertraut) waren. Diesmal waren es die Worte Chillen, Bloggertücke und Blockbusterverdacht. Ich blieb eine halbe Minute in der Küche stehen und zog mir mit beiden Händen die Hose hoch. Du bestehst aus hundert Sorten Halbwissen, sagte ich zu mir und wusste nicht, ob das ein Trost oder eine Beschwerde sein sollte. Eine Erinnerung flog vorbei und passte mir nicht: Als ich ungefähr sechzehn Jahre alt war, drängelte sich in dem Büro, in dem ich in den Schulferien arbeitete, eine ältere Putzfrau an mich heran. Meine Unbeholfenheit legte sie als Liebesbereitschaft aus. Etwa zwei Wochen lang beließ sie es dabei, mir mit der Hand unters Hemd zu fahren, worin ich keine Annäherung sehen wollte, weil ich nicht wusste, was eine Annäherung ist. Ich war nicht besonders überrascht, als mir die Putzfrau in einem Lagerraum ihre Brüste zeigte. Ich nahm nicht daran Anstoß, dass es sich um gealterte Brüste handelte. Ich hatte damals zwar schon eine Freundin, die mir ihre allerdings kleinen Brüste zeigte. Erst als ich dreißig Jahre alt war, hatte ich vorübergehend den Wunsch, mit einer älteren Frau zu verkehren. Aber ich hatte nicht geahnt, dass ich in diesem Alter die Scham empfand, die mir mit sechzehn unbekannt war. So kam es, dass mich, als wir zu Hause in ihrem Bett lagen, plötzlich eine so starke Hemmung überfiel, dass ich impotent blieb. Der riesige Busen der Putzfrau breitete sich fast über ihren ganzen Oberkörper aus, so dass ich nicht nur impotent, sondern auch sprachlos war, nach einiger Zeit wortlos das Bett der Frau verließ, mich anzog und voller Pein die Wohnungstür hinter mir zuzog.

Heute fielen mir die gealterten Bilder ohne Nebenwirkungen ein; der Bilderfilm war alt geworden, aber ich sah mir den Film nach wie vor gerne an. Ich betrachtete meine Kleiderbürste und staunte. Ich sah durch die Kleiderbürste hindurch und betrachtete im Hintergrund die Brüste der Putzfrau. Die Kleiderbürste lag auf dem Tisch; in früheren Jahren hatte ich sie tatsächlich dazu verwendet, mir den Mantel oder das Sakko zu säubern. Dazu kam es nicht mehr oft. Denn meine Kleiderbürste ließ sich ohne Widerstände in eine Krümelbürste verwandeln. Als solche lag sie stets auf dem Tisch, auf dem sie gebraucht wurde. Mit ihren harten Borsten ließen sich ganz leicht die zahllosen Brotkrümel erfassen, die sich Abend für Abend auf meinem Tisch ausbreiteten und mich (eigentlich) überfordert hätten, wenn ich keine Krümelbürste gehabt hätte.

Draußen wurde es schon Herbst. Die Singvögel verschwanden in den Süden, die Schwalben blieben hier und rasten mit unerhörter Geschwindigkeit um die Häuserblocks. Die Kulturinstitute veranstalteten jetzt wieder Kammerkonzerte, Streitgespräche, Liederabende, Lesungen, Podiumsdiskussionen. Carolas Selbstmord war für alle, die Carola kannten, ein Schock. Es wurden für diesen Selbstmord von vielen Menschen viele Gründe genannt. Deutlich war nur, dass der Alkoholismus eine starke Rolle spielte. Aber bald war auch der Alkoholismus nicht mehr eindeutig die Ursache. Es wurden Beispiele von Trinkern genannt, die mit dem Alkohol alt geworden waren und dabei nicht einmal krank wurden. Oft genannt als Grund wurde auch Carolas allgemeine Ausweglosigkeit. Darunter verstanden ihre Bekannten ihren Ehrgeiz, der ohne rechtes Fundament war. Gemeint war damit, dass sie kein Studium hatte, dass sie nicht einmal das Abitur hatte und auch keine allgemeine Berufsausbildung. Einige Hardliner ließen dieses Argument nicht gelten. Sie machten geltend, dass es viele Leute gab, die noch mit Mitte dreißig eine Berufsausbildung begannen, weil sie endlich erkannt hatten, dass sie mit ihrem früher ausgeübten Beruf »nicht glücklich« waren. Diese Debatten verliefen oft konfus und uferlos, so dass darüber ein Gespräch von allen über alles wurde. Einige Frauen waren forsch und wiesen ungeniert darauf hin, dass Carola keine Freude am Sex mehr hatte. Ich war erstaunt, woher diese Frauen ihr Intimwissen bezogen, denn es war zum Glück keine Eigenschaft von Carola gewesen, sich über ihr Sexualleben zu äußern. Ich mischte mich nicht ein, was viele nicht verstanden. Einmal war ich so ärgerlich, dass ich während eines Abends ausrief: Soll ich Ihretwegen ein Klitoris-Experte werden? Viele wussten, auf wen sich diese Dreistigkeit bezog, und schwiegen beleidigt. Ich fügte hinzu: Meines Wissens ist das Intimleben der Menschen noch kein Stammtischthema geworden. Einige verließen daraufhin den Tisch (das Zimmer, das Lokal, die Galerie), weil ich sie in die Nähe moderner Spießer gebracht hatte. Wieder andere sahen in meiner Reaktion einen Beleg für die Verstiegenheit, die ich mit Carola teilte. Ja, so hieß es, Verstiegenheit sei unsere gemeinsame Basis gewesen, das Geheimnis unserer Harmonie und so weiter. Ich verstand nach einiger Zeit, dass die »Hinterbliebenen« von Toten häufig mit Rückzug reagieren; natürlich nicht, weil ihnen nach Abkapselung ist, sondern weil sie ohne Gegenwehr und fassungslos miterleben müssen, dass die verquatschte Fernsehgesellschaft vergessen hatte, dass wir das Private nicht ohne weiteres vergesellschaften können. Dass ich auf versteckte Weise dankbar war, nicht mehr einbezogen zu werden bei sogenannten Kollegentreffen, musste ich zum Glück nicht »begründen«.

Vor dem Friedhof hatte ich eine gewisse Scheu, denn wenn ich Carolas Grab aufsuchte, musste ich auch am Grab meiner Eltern vorbeigehen, und danach fürchtete ich, im Nu einer der Alten zu werden, die selber, obwohl sie noch lebten, sich schon halb im Jenseits aufhielten und nicht mehr zurückfanden ins unbelastete Leben. Die Melancholie war sowieso da und brauchte keinen Friedhof. Wir, die Lebenden und vorerst Übriggebliebenen, traten an die Gräber und übernahmen jenen Teil der Trauer, der schon immer zu uns passte. Warum hatte ich so oft das Gefühl, dass jeder Mensch einem Leiden hingegeben ist, über das keiner sprechen will? Und dass wir entlang dieser Verheimlichung schlecht und recht existierten? Wenn ich durch Trauer erschöpft war, beschäftigte ich mich oft mit dem Problem, was geschehen sollte, wenn der eigene Schmerz durch Dauerbeatmung eines Tages langweilig würde? Kein Mensch konnte den Schmerz einfach aufgeben (das wäre Verrat), aber niemand konnte ihn immerzu erhalten wollen. Es gab mal wieder keinen Ausweg. Wenn ich nicht unterwegs war, lag ich meistens zu Hause auf dem Bett und las. Das Radio war eingeschaltet, ich hörte Musik und hörte sie doch nicht. Ich konnte nicht immer alle Fenster schließen. Meistens durchkreuzte der Fluglärm die Musik. Es war ein eigenartiges Zerstörungswerk: Der Fluglärm verlosch in der Ferne, die Musik verlosch in der Nähe. Auch der Empfang meines Radios wurde nicht besser. Manchmal löste sich der Ton in eine rieselnde Menge von Tonsplittern auf. Manchmal gefiel mir sogar der gestörte Empfang. Endlich gab wenigstens ein Teil der Verhältnisse zu, dass er selbst zu Bruch ging. Am frühen Morgen hüpften die Amseln noch über die leeren Straßen und fanden sogar auf dem Beton Krümel und Brotreste, die in der Nacht von umherstreifenden Jugendlichen verloren oder weggeworfen worden waren. Zwischen den wenigen Ereignissen entstanden Zeitlöcher, an deren Rand ich verharrte und auf haltbarere Wirklichkeiten wartete. Vom Balkon aus sah ich richtige Fremde (frische Einwanderer) und halbfremde Verweigerer. Es gab krasse Fremde, flaue Fremde, es gab sich niemals mehr erholende Fremde, es gab sich in den Schoß von Frauen flüchtende Fremde, die die Fremde plötzlich Heimat nannten und so taten, als wären sie schon immer dagewesen.

Ich konnte meine eigenen Gedanken kaum länger ertragen, verließ den Balkon und kurz darauf die Wohnung. Auch dieser Mechanismus war verschlissen. Ich konnte nicht immer bis zur Erschöpfung empfinden und dann auf der Straße auf Erlebnisfaxen hoffen. Zum ersten Mal verstand ich, dass es offenkundig meine Aufgabe war, einen dauerhaft verharrenden Schmerz in mein Leben einzubauen. Du bist eine lebende Schmerzbaustelle geworden, sagte ich halblaut vor mich hin. Würde ich diesen Satz jemals zu einem anderen Menschen sagen können? Das würde ich mich vermutlich nicht trauen. Wie unaussprechlich merkwürdig das wieder war: Jeder trug ein Leiden und ein dazu passendes Redeverbot mit sich herum – wegen sonst entstehender Peinlichkeit, Indiskretion, Wichtigtuerei und so weiter. Mit diesen Abschweifungen war es mir gelungen, mein Hauptanliegen zeitweise zu vergessen: Ich suchte (und brauchte) eine neue Frau. Ich vermisste Carola nach wie vor, aber ich hatte keine Lust mehr an einer Fortsetzung des Trauerns. Auf meinem Tisch in der Wohnung lagen schon seit Wochen zwei schwarze Knöpfe, die ich nächstens annähen wollte. Nur erinnerte ich mich nicht mehr, von welchem Kleidungsstück mir die Knöpfe abgefallen waren. Es war auch möglich, dass die Knöpfe Carola gehörten. Dann hätte der Satz lauten müssen: Von Carola waren zwei Knöpfe übrig geblieben. Ich hatte kein genaues Gedächtnis und erschrak darüber. Es war unklar, ob es schön oder traurig oder beklagenswert war, von Carola nichts zurückbehalten zu haben als ein paar Kleider, eine Zahnbürste, einige Fotos, ein paar abgefahrene Bahn-Tickets und zwei Knöpfe. Ich war in der Melancholie des vergeblichen Verlangens gelandet. Dabei sagte die Melancholie des Verlangens unentwegt zu mir: Es kommt nicht mehr darauf an, wie auf das Verlangen geantwortet wird. Die neue Frau, die ich suchte, wollte ich beiläufig kennenlernen; sie sollte nicht mehr ganz jung sein, sie sollte gebildet sein, wenn auch nicht durch Bildung anstrengend; sie sollte eigenes Geld verdienen, aber damit nicht angeben. Einmal traf ich mich mit einer attraktiven Frau, die vor Jahren schon einmal meine Freundin gewesen war. Auch sie suchte einen Partner, bis dahin ohne Glück. Es ödete uns bald an, unsere Avancen auszustellen; es schoben sich stattdessen ein paar Erinnerungen an unsere eigene Geschichte in den Vordergrund.

Sind wir nicht an einem Ostermontag nach dem Kino miteinander ins Bett, fragte sie.

Wir waren nicht im Kino, sagte ich, wir sind gleich nach dem Mittagessen ins Bett wie ein Ehepaar.

Sie lachte.

Du hast dich wie ein Ehemann verhalten, sagte sie, aber geheiratet hast du mich nicht, was ich damals gewollt hatte.

Du hättest damals sagen sollen, dass ich dich heiraten soll.

Geht's noch plumper? sagte sie.

Das ist nicht plump, sagte ich, das wäre nur ein wahrscheinlich erfolgreicher Versuch gewesen, mich aus meiner Selbstversunkenheit herauszuholen.

Wenn ich mich recht erinnerte, sagte sie dann nichts mehr. Ich war erschöpft und setzte mich in einer Anlage auf eine Bank. Vor der Bank waren zahllose Kippen ausgebreitet, auf der Bank lag eine gebrauchte Hose und ein Unterrock, außerdem leere Tüten und Plastikbesteck. Väter brachten ihre Kinder in den Kindergarten und plauderten mit ihnen beim Gehen. Das Sprechen der Kinder drang als zartes Geräusch in meine Nähe und rührte mich. Ich sah, wie eine Taube von zwei Krähen angegriffen wurde. Die zusammengeduckt dasitzende Taube machte einen kümmerlichen Eindruck. Ich hatte den Impuls, den Samariter in der Not zu spielen und der Taube sofort beizustehen. Die Taube saß ruhig, fast tot, in der Nähe eines scheußlich zugestopften Papierkorbs und rührte sich nicht, obwohl sie merkte, dass die Aggressivität der Krähen ihr galt. Die Krähen näherten sich noch mehr und hackten dann mit den Schnäbeln in den Körper der Taube. Aber die Taube war geschickt und wohl auch klüger als die Krähen. Sie stieß mit ihrem kurzen, verknorpelten Schnabel gezielt auf die Köpfe der Krähen, was diese offenbar schmerzte. Schon bald hörten sie auf, die Taube weiter anzugreifen. Die Krähen saßen jetzt aufrecht und ratlos vor der scheinbar schwerfälligen Taube, dann falteten sie ihre mächtigen Flügel aus, erhoben sich und verschwanden. Die Taube setzte sich auf den Rand des Papierkorbs. Sie stocherte mit dem Schnabel in die oberste Schmutzschicht des Abfallkorbs. Die Taube erwischte ein Stück Melone und zog es hervor. Das rote Fruchtfleisch der Melone war braun geworden und sah aus wie ein offenes Geschwür. Ich sah dem Tier zu, obwohl es mich schauderte. Sogleich fiel mir ein, dass das Wort schaudern schon lange aus den Moden des Sprechens ausgeschieden war. Der Gebrauch des Wortes schaudern war eine Flucht in die Affektiertheit das Theaters. Ich stöhnte über die Überflüssigkeit meiner Reflektionen. Endlich roch ich den Schweiß in meinem Hemd. Der Geruch half mir, mit Denken sofort aufhören zu können.

10 Ich blätterte halb vergilbte Theaterprogramme durch, sah alte Szenenfotos von mir, als ich ein junger Schauspieler war; ich musste kurz lachen, weil ich wieder nicht glauben mochte, dass ich einmal so stramm und glatt gewesen war. Einmal durchzuckte mich der Gedanke, ob ich meine Wohnung wechseln sollte, um bei dieser Gelegenheit den alten Plunder loszuwerden, aber dann merkte ich, dass ich so rabiat doch nicht war. Ich hatte jeden Tag weniger Lust, eine neue Frau kennenzulernen und womöglich aufregende Gespräche mit ihr zu führen wie einst mit Carola. Wenn ich genug hatte von der plötzlich hereinbrechenden Einsamkeit, verließ ich die Wohnung und stromerte eine Weile umher, allerdings kam auch dabei nur eine schwächliche Kopie eines früheren Verhaltens heraus. Manchmal war ich nahe am Heulen, aber ich heulte nicht, sondern ertrug nur die Stimmung, die beinahe dazu geführt hätte, dann löste sich auch die Stimmung auf und tat so, als sei nie etwas geschehen. Ein Problem war Carolas Testament. Es stellte sich heraus, dass sie mir ihre Eigentumswohnung vermacht hatte. Ihre Eltern waren gekränkt, aber sie kommentierten das Testament nicht. Ich wollte nie eine Eigentumswohnung, schon gar nicht als Geschenk einer verstorbenen Geliebten. Ich überlegte, ob ich das Erbe ausschlagen sollte, was gesetzlich möglich war, wie ich erfuhr. Ich horchte tief in mich hinein und stellte fest, dass ich kurz davor war, mir einen Edelmut abzupressen, der meine Innenlage auch nicht wirklich abbildete.

Carolas Eltern erwarteten von mir Aufschlüsse über die

Gründe des Selbstmords ihrer Tochter. Weil ich genauso überfordert war wie sie, hätte ich beinahe einmal gesagt: Sie hat es getan, damit *ich* es nicht tun musste. Zum Glück konnte ich diese Bemerkung unterdrücken, ebenso wie eine andere, die ungefähr so hätte lauten können: Der Selbstmord war das Ende ihres eigenen Sich-selbst-nicht-Verstehens, das sich im Alkohol immer wieder neu vergessen musste, damit es zwei Tage später wieder auferstehen konnte und immer so weiter. Bei Carolas Eltern blieb eine Art Misstrauen gegen mich zurück, das erst wich, wenn mir der eine oder andere pathetische Satz gelang, der gewiss übertrieben, wenn auch nicht verlogen war.

Einmal sagte ich: Ich merke, wie mir nach Carolas Tod die Kraft, die Lust und die Herrlichkeit abhanden kommt, versteht ihr, es ist, als wäre ich in meine altgewordene Jugend zurückgeschleudert worden, in der ich kaum etwas verstanden habe.

Diese Bemerkung leuchtete ihnen ein, so dass ich mich für eine halbe Stunde schuldlos glauben durfte, was ich meinem Gefühl nach auch war. Ich verstand nicht, dass fast alles, was geschah, neuerdings eine kaum versteckte Verbindung zum Tod hatte. In mir wucherte das Klima einer allgemeinen Lähmung, die mich jedoch beeindruckte. Wenn ich etwas nicht sofort begriff, zog ich meine Aufmerksamkeit zurück und geriet rasch in das Schleudertrauma des fortgesetzten Schweigens. Dann wurde in der Ferne mein vielleicht größter Feind sichtbar: eine zukünftige Schrulligkeit, derer ich mich im Nahkampf erwehren musste. Jetzt flüsterte ich an mich hin: Du musst dein Leben ändern. Aber wie macht man das? Meist rettete ich mich in naheliegende Anblicke und hatte damit oft Erfolg. Einmal sah ich eine Kontrolleurin in der U-Bahn; sie hatte blonde Locken, die auf dem Kragen ihrer Uniform auflagen und den Eindruck von endgültiger Verlassenheit bei den Städtischen Verkehrsbetrieben hinterließen oder hervorriefen. Ich betrachtete die Kontrolleurin zwei Stationen lang. Es war eine große, magere Frau mit wächsern blassem Gesicht und hellblauen Augen, eine Frau wie aus den siebziger Jahren. Obwohl sie nicht den geringsten Wert auf Äußerlichkeit legte, ging eine starke Ausstrahlung von ihr aus, die umso heftiger war, weil ihr keine Absicht zugrunde lag. Die Frau trug eine übergroße Diensttasche, deren Tragegurt zwischen den Brüsten entlangführte. Der Gurt betonte die Autonomie der Brüste, die ich, wenn ich neben der nackten Carola lag, oft nicht wahrnahm, weil bei einer unbekleideten Frau die Nacktheit ein einziger großer Zusammenhang ist, der die Autonomie einzelner Körperteile nicht braucht. Es blieb nicht aus, dass kurz danach eine heftige Erinnerung an Carola über mich kam. Während sie mich lutschte, dachte ich oft an ihre Brust. Wahrscheinlich hatte mein Geschlecht für Carola eine ähnliche Bedeutung wie ihre Brust für mich. Nur so konnte ich mir erklären, warum Carola so lange über mein Organ gebeugt war. Danach sank ihr Kopf erschöpft zurück; jetzt schlief Carola rasch neben mir ein. Plötzlich fiel mir auf, dass die wunderbare Erinnerung tatsächlich eine Herbeiführung des gegenwärtigen Mangels war. Diese Wendung deprimierte mich auf der Stelle.

Ich machte mir schon wieder klar, dass ich eine neue Frau brauchte, und zwar schnell. Aber wie sollte ich das anstellen und vor allem: *Wo* treffe ich eine geeignete Frau? Beim Herumlungern tauchte ich ein in die Tiefe meiner Schrulligkeit. Zum Beispiel sagte ich zu mir: Ein schrulliger Mensch wie ich besitzt niemals und braucht auch keine Eigentumswohnung, aber er braucht eine stets gepflegte Hose. Ich betrachtete meine Hose scharf von oben und erteilte eine unerbittliche Zensur: Die Hose muss sofort gereinigt und gebügelt und mit Chemie gefestigt werden, und zwar heute noch. Zum Glück konnte mich das Hosenproblem nur kurzfristig fesseln. Beim Herumlungern fiel mir auf, dass die städtische Reinigungsbehörde heimlich die öffentlichen Papierkörbe versetzt haben musste. Offenbar gab es einen Beamten, der immerzu überlegte, wie die Papierkörbe effizienter verteilt werden konnten. Ich gestand mir nur ungern ein, dass ich Mangel litt. Die Einsicht, dass *alle* Menschen über etwas Fehlendes klagen, beschwichtigte mich kaum. Der Mensch ist ein löchriges Netz, durch das alles, was er hat, wieder hindurchfällt. Auf diese Weise entsteht das Problem der ewigen Suche. Die Einsicht war beruhigend, gleichzeitig aber auch kläglich. Ich war froh, dass es wenigstens Eichhörnchen gab. Sie huschten schnell unter geparkten Autos hindurch und hoppelten/hüpften/sprangen dann über die Straßen. Amseln flatterten/trillerten/flöteten den Eichhörnchen hinterher und verschwanden dann zwischen den Eisengittern der Gartenzäune. Ich kam mir verlassen vor, was im Augenblick bedeutete: ungeschickt, verschlossen, überfordert, abgewandt. Amseln und Eichhörnchen waren erheblich kommunikativer als ich. Endlich erinnerte ich mich an das Dickicht meiner Termine; ich musste neue Funkaufnahmen machen, ich hatte einen Arzttermin, ich musste schon wieder nach Carolas Grab schauen, was mir zum ersten Mal einen Schreck einjagte: War ich so etwas wie ein Witwer geworden, der ein Grab pflegte und sich dabei seines Übriggebliebenseins schämte? Schon beim vorigen Mal stand ich auf dem Friedhof herum wie ein leerer alter Karton. Wer sich öfter auf einem Friedhof aufhält, dachte ich, wird von den Gräbern der Toten mehr und mehr zu den Toten gerechnet. Der Aufenthalt auf dem Friedhof war so anstrengend, dass ich anschließend spazieren gehen wollte. Im Schatten von Platanen stellte sich zum Glück eine Mäßigung meines Trauereifers ein. Ich erinnerte mich an Carolas Mutter, die sich nicht an die Brust ihres Mannes warf, sondern an meine, was ich nicht verstand.

Auch jetzt wieder empfand ich Schuld, weil ich den Eltern nicht erklären konnte, warum sich ihre Tochter das Leben genommen hatte. Nach dem Spaziergang betrat ich ein chinesisches Lokal. Durch diesen Kulissenwechsel erhoffte ich mir eine Art Filmriss. Tatsächlich war das Lokal dekoriert wie ein großer Tempel. Mehrere chinesische Familien füllten den Raum, ein Kellner verteilte auf Verlangen Essstäbchen, aus versteckten Lautsprechern ertönte Klingel-Klangel-Musik und die märchenhaft süßliche Stimme einer singenden Chinesin. Eine nichtchinesische Frau mit Kleinkind und Kinderwagen betrat den Raum. Das Kind jammerte und wurde aus dem Wagen gehoben, die Mutter schob den leeren Wagen in die Nähe meines Tischs, nahm Platz und setzte sich das Kind auf den Schoß. Ich war dankbar für die Vorgänge und überlegte, ob ich künftig nur noch Lokale aufsuchen sollte, wo sich umständliche Nebenhandlungen ereigneten. Jetzt starrte ich in den leeren Kinderwagen, der angefüllt war mit Taschen und Schals und Jäckchen und Rasseln. Der Zellstoffgehalt meiner Serviette war so stark, dass die Serviette wie ein Plastikgegenstand durch meine Hände glitt. In meinem linken Bein kündigte sich ein Krampf an. Ich streckte das Bein, was den Krampf nicht beeinträchtigte. Jetzt erhob ich mich und lief ein paar Mal im Lokal umher, bis der Krampf nachließ. Ich erregte das Interesse der Frau mit Kind. Die Frau gefiel mir, ich überlegte, ob ich mich an ihren Tisch setzen sollte. Allerdings hatte ich kein Talent im Umgang mit kleinen Kindern. Ich redete dann viel dummes Zeug und redete bald gar nichts mehr, weil ich plötzlich das Gefühl hatte, ich hätte verlernt, normal zu sprechen. Kurz darauf empfand ich den Wunsch nach einem leichten Sommersakko. In gewisser Weise rettete mich die Erinnerung an diesen Wunsch. Die Frau mit Kind wurde mir gleichgültig, ebenso mein Krampf.

Wie gern hätte Carola miterlebt, dass ich mir ein neues Sakko kaufte! Wie oft hatte sie an mich hingeredet, dass ich nicht herumlaufen könne wie ein Hausierer im Urlaub. Ich sagte dann gewöhnlich: Hausierer machen keinen Urlaub. Oh Gott, sagte sie dann, du verstehst wieder meinen Humor nicht! Ich beendete meine Trauer-Séance, weil ich wusste, dass mich ein zweites Glas Wein nur ermüdete. Ich fand es noch immer erstaunlich, dass ich nicht dem Alkohol verfallen war, obwohl diese Empfindung zwiespältig war und voll von nicht verstecktem Schmerz. Tatsächlich war ich in diesen Augenblicken fast froh, dass ich Carola verloren hatte. Sie hatte den für mich zu starken Willen, mich in *ihren* Alkoholismus einzubetten, was ich zu Carolas Lebzeiten nicht einmal richtig bemerkt hatte. Vertraut war mir inzwischen, dass ich von der Sorge Alkohol zur Sorge Eigentumswohnung hinübergewechselt war. Am liebsten wollte ich die Eigentumswohnung verkaufen, wusste aber nicht, wie ich den Verkauf vor Carolas Eltern geheimhalten sollte. Sie würden den Verkauf bemerken und mich dann einen Liebesverräter nennen. Das war ein Lieblingswort von Carolas Mutter, mit dem sie mich oft verdächtigte. Ich wollte nicht länger auf einen Zufall warten, der mir eine neue Frau mir nichts dir nichts an die Seite spielte. Nach meiner Erfahrung kam eine neue Frau oft aus dem Umfeld der früheren Frau. Aber was war das Umfeld von Carola? Sie hatte in einer Spedition gearbeitet, hatte aber mit ihren Kollegen kaum Umgang, weder mit Frauen noch mit Männern. Noch weniger vertraut war ich mit der Marathon-Szene. Ein wenig Hoffnung schöpfte ich, als ich zu einem Sommerfest eingeladen wurde. Auf dem Sommerfest würden bestimmt ein paar in Frage kommende Frauen herumflirren und Nachtfalterblicke aussenden. Ich fürchtete mich vor meinen humoristisch gemeinten Reden, die sich bei solchen Anlässen unangenehm in den Vordergrund schoben. Ich hörte mich schon jetzt, wie ich zu einer alkoholisierten Frau sagte: Ich habe den seriösen Paarungsdrang eines Maikäfers und biete problemfreie Anhänglichkeit. Am liebsten wollte ich mich nach solchen Sätzen selber ohrfeigen, wenn derlei nicht noch peinlicher gewesen wäre.

Die Sirenen vorüberrasender Polizeiwagen waren so laut, dass eine Unterhaltung fast unmöglich wurde. Fast schon aus Notwehr beschäftigte sich mein Kopf schon wieder mit Carola. Oft regte sie an, dass wir zusammenziehen sollten, was mich heute schmerzte, weil ich auf diesen Wunsch auf kränkende Weise schwieg. Heute kam es mir so vor, als hätte sich die Verbindung zu Carola durch stille Zurückweisungen dieser Art mehr und mehr aufgelöst. Wie die meisten Frauen setzte Carola die Pille dann und wann ab, wir redeten nicht darüber. Die Grundfigur dieser Distanzen war mir von meinem früheren Leben bekannt: Etwas entfernte sich von mir – und ich blieb zurück, manchmal vorübergehend, manchmal für immer. Weil wir nicht flüchten konnten, entstand an dieser Stelle die verborgene Panik. Ich hatte in dieser Zeit kaum eigene Gedanken. Ich hatte einfach drauflos gelebt, ohne Erkundigungen und ohne Rücksicht auf irgendetwas. Die Gedankenlosigkeit war vielleicht das Wunderlichste an dieser Art, sein Leben hinzubringen.

Heute war es genau umgekehrt. Ich lebte fast ohne Grund, ohne Absicht und ohne Ziel, aber mit viel Gedanken. Deswegen fühlte ich mich oft überfordert und daher oft löcherig oder halb angefressen. In aller Stille bildete sich in mir das Wort Schmerzgedächtnis. Das Wort gefiel mir sofort. Ich war so stark beeindruckt, dass ich meine Rechnung zahlte und zu Fuß in meine Wohnung zurückkehrte. Ich erinnerte mich, dass Carola immer stärkeren Widerstand gegen das tägliche Sich-Anziehen, gegen das abendliche Sich-Ausziehen und gegen das frühmorgendliche Sich-Aufhübschen empfand. Während der Heimkehr schaute ich in die toten Vorgärten, in denen viele leere Flaschen herumlagen. Es wäre schrecklich, wenn ich nicht damit fertig würde, dass es Carola nicht mehr gab. Ich verstand beides nicht: dass mir etwas Körperliches (Carola) fehlte und dass mir der Verzicht (die Frauenerfahrung) auch nicht gelang. So, als zweifach Getroffener, drückte ich mich in meinem Leben herum und passte auf, dass, ach, ich wusste nicht, worauf ich immerzu aufpassen musste. Dann dachte ich wieder einen einfachen Satz: Wo sich Staub ansammelt, ist wenigstens Friede. Für ein paar Minuten trat tatsächlich innere Ruhe ein, dann erlitt ich wieder mein aus der Pubertät zurückgebliebenes Verlangen nach einem Rummelplatz. Ich wollte sofort über einen kleinen Rummelplatz ziehen und junge Mütter mit Kinderwagen sehen, außerdem rauchende Lehrlinge, angetrunkene Rentner, überforderte Hausfrauen und junge uniformierte Männer, die versehentlich Polizisten geworden waren. Ich wusste natürlich, dass ergiebige Rummelplätze dieser Art für immer verschwunden waren; stattdessen gab es Hooligans, Motorradrocker, erbärmliche Obdachlose und Vergewaltiger, die gruppenweise Frauen überfielen.

Ich konnte nur schwer hinnehmen, dass etwas vorübergegangen war; spät erst hatte ich erkannt, dass es sich dabei um Zeit handelte. Deswegen wollte ich wenigstens bedeutsam sein, denn nur die Betrachtung vorüberziehender Bedeutsamkeit rettet den einzelnen vor der Zeit. Bedeutsamkeit lag überall herum und schaute zu, wie sie nicht erkannt wurde. Das war wieder schön gedacht und nur bei abendlichen Heimwegen bekömmlich. Ich konnte nicht beurteilen, ob etwas gerade zugrundeging oder vielleicht umgebaut oder dekoriert oder doch zusammengeschlagen wurde. Es blieb nicht aus, dass mir auch hässliche Auftritte von Carola wieder einfielen. Einmal sagte sie: Ich habe das Gefühl, dass du mehr und mehr dement wirst. Als ich stumm blieb, fügte sie hinzu: Du vergisst zu viel und bringst zu viel durcheinander. Jetzt, während des Heimwegs, musste ich über solche Dummheiten lachen. Musste ich öfter in der Nacht nach Hause gehen, um mich immer weiter von Carolas Verstiegenheit zu entfernen? Um mich auf andere Gedanken zu bringen, blickte ich hoch in die Platanen und suchte nach umherspringenden Eichhörnchen. Ich wusste nicht genau, ob Eichhörnchen zur gleichen Zeit wie Menschen schlafen. Bald würden die sich rasch vermehrenden Eichhörnchen als Plage empfunden werden. Dann wird es eine große nächtliche Vergiftungsaktion geben, überlegte ich, kleine Müllwagen würden (ebenfalls in der Nacht) die toten Eichhörnchen einsammeln. Es werden Wochen vergehen, bis die Vernichtungsaktion in der Öffentlichkeit bekannt würde, und in den Feuilletons der Zeitungen werden Katastrophendenker räsonieren, dass der Holocaust sogar in den toten Eichhörnchen weiterzitterte. Endlich merkte ich, dass ich zu viel getrunken hatte. Ich wusste nicht, womit ich meine fremde Unruhe bändigen sollte. Ich blieb stehen und betrachtete ein erleuchtetes Fenster, hinter dessen hellen Scheiben eine nackte Frau stand und reglos auf die Straße schaute.

Erst am folgenden Tag fiel mir ein, dass sich Carolas Einfall, ich sei dement, auf einen Tomatenfleck bezog, den sie auf meiner Hose entdeckt hatte. Erst jetzt hatte ich ein zartes Memento mori, das mich an die Gewöhnlichkeit des Todes erinnerte. Ich beschloss, das Sommerfest zu meiden. In solchen arglosen Abendvergnügungen steckten verborgene Komplikationen, in die ich nicht mehr verwickelt werden wollte. Jedes Sommerfest begann bedrückend harmlos und schlicht. Viele Menschen stehen beisammen, haben Gläser in der Hand, lachen über alte Erinnerungen, holen sich eine Portion Artischockensalat. Plötzlich erleidet eine Frau, die eben noch eine Nachtigall gehört haben wollte, einen Eifersuchtsanfall, wie ich ihn (zum Glück) noch nicht einmal im Kino erlebt hatte. Sie stellt ihren Salat beiseite, geht zwei Schritte auf einen Mann zu und legt los: Meinst du, ich hätte deine gemeinen Manöver nicht durchschaut? Und meinst du, ich wüsste nicht, dass es elende Weiber gibt, die sich durchvögeln lassen, obwohl nebenan die ahnungslose Ehefrau mit einem Honorarkonsul plaudert? Ich betrachtete eine Frau, die auf beiden Armen einen großen Hund über eine Straße trug. Mich schmerzten seit Tagen mindestens zwei Zähne. Sollte dies die Ankündigung sein, dass ich demnächst die eine oder andere Baustelle im Mund hatte? Jetzt schon? Ich war bisher kein einziges Mal bei einem Zahnarzt gewesen, ich wollte es auch jetzt nicht. Woher kam nur das Gefühl, dass ich Eile hatte? Ich hatte keine Eile, ich hatte nie Eile, jedenfalls dann nicht, wenn ich gerade kein Engagement hatte. Wahrscheinlich war Eile nur eine Ankündigung, dass das Alter eingesetzt hatte. Ich war empört und ratlos. Es drängte sich die Anmutung auf, als würde ich mit namenlosen Gespenstern kämpfen. Ich setzte mich auf eine Holzbank, die vor einer Drogerie stand, und wartete, bis sich die Unruhe gelegt hatte.

Am Nachmittag wurde ich in der U-Bahn beim Schwarzfahren erwischt. Im Nu standen drei Kontrolleure um mich herum; einer verlangte meinen Personalausweis, die anderen schauten zu. Der Mann mit meinem Ausweis machte sich Notizen. Wahrscheinlich war das Angeschautwerden und das Gezeichnetwerden der diffamierende Kern des Vorgangs. Mitten aus der Harmlosigkeit meines Lebens war ich herausgefischt worden und war ein Täter. Zugleich war deutlich, dass die Kennzeichnung harmlos war; dem zuschauenden Publikum war mein Pech gleichgültig bis belanglos.

Ich habe keinen Fahrschein, sagte ich, ich hab's vergessen, es tut mir leid.

Das verstehen wir, sagte der notierende Kontrolleur, aber das kostet Sie sechzig Euro.

Sechzig? wiederholte ich.

Wenn wir Sie vor drei Wochen erwischt hätten, hätten Sie nur vierzig zahlen müssen.

Wieso diese Erhöhung?

Es soll abschreckend wirken, sagte der Kontrolleur.

Glauben Sie das wirklich? fragte ich.

Die Zahl der Schwarzfahrer ist rasant gestiegen, die Stadt musste sich etwas einfallen lassen.

Ich habe nicht so viel Geld dabei, sagte ich.

Das müssen Sie auch nicht sofort zahlen. Die Stadt schickt Ihnen einen Bescheid mit Zahlkarte.

Bei der nächsten Haltestelle stieg ich aus. Die Kontrolleure folgten mir ein paar Schritte. Ich erhielt meinen Ausweis wieder. Danach verschwanden die Kontrolleure.

Wie froh war ich, wieder in meiner Wohnung zu sein; ich ging umher und bedankte mich beinahe bei meinen Zimmern, dass sie mich bisher nicht mit Gespenstereien erschreckt hatten. Ich lebte schon seit vielen Jahren in diesen Räumen. Seit Carola tot war, bedrängte mich die Vermutung, dass ich hier vielleicht nicht mehr ausziehen würde. Ich brauchte nur zwei oder drei Minuten, um in mir eine Bilderfolge abzurufen, als Carola singend und nackt aus meinem Bett stieg, in die Toilette ging und dort weitersang, wobei es sie nicht störte, dass die Geräusche ihrer Ausscheidungen nicht zu ihrem Gesang passten. Ich blieb in einem unbelebten Zimmer stehen und wartete, bis Carola mit Singen aufgehört hatte und sich ankleidete.

11 Eine Frau legte Teile ihres langen Haars von der linken auf die rechte Seite ihres Gesichts. Jetzt benutzte sie eine Schaufensterscheibe als Spiegel und kontrollierte ihr Aussehen. Offenbar war sie mit ihrem Anblick zufrieden; jedenfalls änderte sie nicht die Anordnung ihres Haars, nur den niedrigen Kragen ihrer Bluse kippte sie nach oben. Ich schaute ihr eine Weile nach und wartete, ob mir zu ihrem Bild etwas einfiel. Die Erdbeeren im Supermarkt gaben offen zu, dass mit ihnen kein Staat mehr zu machen war, auch nicht mit erheblicher Preissenkung. Ein Bekannter entdeckte mich und kam gleich auf mich zu, wovon ich mir nicht viel versprach. Er war vor längerer Zeit einmal Regieassistent gewesen, ich glaubte, jetzt war er es nicht mehr. Ich wollte nicht hören, was zum Verlust seines Jobs geführt hatte, obwohl er vermutlich glaubte, dass gerade ich neugierig auf diese Geschichte war.

Sollen wir einen Kaffee trinken gehen? fragte er.

Jetzt noch? fragte ich zurück.

Wieso nicht?

Ich habe schon gefrühstückt, sagte ich.

Ja, sagte er, du nutzt deine Zeit, so warst du immer.

Das ist mir nicht bewusst, sagte ich.

Das ist dein großer Vorteil! rief er aus; du musst dir nichts vornehmen und musst dich nicht anspornen.

Stimmt, log ich; länger wollte ich mich mit ihm eigentlich nicht unterhalten.

Mir geht es leider nicht so gut im Moment, sagte er.

Oh! machte ich. Ich ahnte, dass er zu allen möglichen

Geständnissen bereit war, die ich nicht hören wollte. Zugleich fühlte ich, dass er Druck auf mich ausübte, den ich mir zwar nicht erklären, aber auch nicht abwehren konnte.

Ich bin leider pleite, sagte er.

Oh! machte ich noch einmal. Schlimm?

Mir reicht's! sagte er und blickte zur Seite.

Es war klar, dass ich mich jetzt nicht mehr einfach so verabschieden konnte.

Ich hatte eine kleine Firma, mit der ich kein Glück hatte.

Das ist heutzutage schwierig, sagte ich.

Lange konnte der Pumpversuch nicht mehr auf sich warten lassen. Wahrscheinlich gehörte ich für ihn zu den geheimnisvollen Menschen, die mit ihrem Geld selten oder gar keine Schwierigkeiten hatten. Je länger ich in der Stadt lebte, desto vertrauter wurden mir die Gesichter der Schwerenöter und Wegelagerer. Dabei hatte ich Verständnis und Mitleid mit allen, die scheiterten! Ich wollte ihm ersparen, dass er sich noch länger vor mir demütigte.

Ich werde von Tag zu Tag romantischer und komplizierter, sagte er.

Du hast doch bestimmt ein paar sehr gut erhaltene Mäntel und Anzüge in deinem Schrank?

Stimmt, sagte er.

Die du vermutlich nicht mehr anziehst?

Stimmt auch, sagte er, was Klamotten betrifft, bin ich so ähnlich gebaut wie eine Frau. Und? Was soll ich tun? Du willst mir einen Rat geben?

Nimm deine Sachen und bring sie ins Pfandhaus, sagte ich.

Wie geht das?

Vergleichsweise einfach, sagte ich; du lieferst deine Sachen dort ab und kriegst dafür sofort Bargeld; du kannst deine Kleidung auch wieder auslösen.

Was soll das heißen?

Du gehst wieder zum Pfandhaus, zeigst deinen Pfandschein und bekommst dafür wieder deine Kleidung; allerdings musst du dann auch den Betrag zurückzahlen, den dir das Pfandhaus vorgestreckt hat.

Und wenn ich meine alten Sachen gar nicht mehr haben will?

Dann werden sie versteigert.

Versteigert? Wann und wo?

Das kriegst du nicht mehr mitgeteilt, weil du deine Kleidung – gegen die Vereinbarung – nicht mehr abgeholt hast.

Und wenn ich sie trotzdem wieder haben will?

Dann hast du Pech gehabt; du hast deine Kleidung nur für eine bestimmte Zeit gegen Geld eingetauscht, und das hat dir das Pfandhaus *vorher* gesagt.

Jetzt hatte der ehemalige Regieassistent genug von mir. Er hielt mir seine Hand hin.

Tschüss, sagte er, ich muss zum Zahnarzt, das schieb' ich seit Wochen vor mir her.

Er trat zwei Schritte zurück und war danach verschwunden.

Der Tag sah für mich inzwischen so aus, als hätte ich das Umhergehen in der Wohnung gebraucht, um meine jetzige Zerstreutheit annehmen zu können. In der Nähe das Geräusch einiger schleichender Autos, in der Ferne das leise Dröhnen eines Kraftwerks. Es war schön, wenn Erinnerungen am Rand auszufransen begannen. Ich hing den Bildern von drei Frauen nach, die ich vor Carola gekannt hatte. Zuerst erinnerte ich mich an Ulla. Sie war neunzehn, ich zwanzig. Wir waren so heftig in unsere Anblicke verliebt, dass wir die Bedürfnisse unserer Körper vergaßen, was damals ein Segen war. Die zweite war Gabi, die in der Christenlehre nach meiner Hand griff und sie erst am Ende des Gottesdienstes wieder freigab. Gabi war in Wahrheit an Jesus Christus vergeben, das hatte ich erst später bemerkt. Sie redete von ihm fast ohne Pause. Meine Abwendung von ihr machte ihr nichts aus, weil sie an ihrer Anwesenheit unter Unwürdigen sowieso fast täglich litt. Die dritte war Margarete, eine 31jährige, verheiratete Frau mit Kind. Wir trafen uns am Nachmittag am Mainufer und liefen am Fluss entlang, bis die Wege aufhörten und wir bei fast jedem Schritt das hohe Gras niederbeugen mussten. Margarete stillte das Kind, ich schaute zu. Ich sah, wie durch das Stillen die Anspannung aus dem Körper des Säuglings wich. Das Kind lag bald entspannt wie ein gefülltes Säckchen im Arm seiner Mutter und schlief ein. Margarete bettete das Kind in das Gras und passte auf, dass sich ihm keine Fliegen näherten. Margarete sagte: Weil wir an einem Fluss sind, kommen keine Wespen. Wir zogen uns rasch aus und freuten uns, weil wir allein waren und uns wenig voreinander genierten. Wie eine Hündin zitterte Margarete, wie ein Hund leckte ich ihr Geschlecht.

Ich konnte nicht entscheiden, ob mich die Erinnerungen erleichterten oder eher beschwerten. Eine Weile wartete ich, bis alle Frauenbilder in mir verblasst waren. Aber ich hatte keinen besonderen Erfolg. Die frühen Erlebnisse vermischten sich mit späteren, so dass ich bald glaubte, dass alles, was geschieht, sofort Vergangenheit wurde, worin ich eine verblüffende Leere erkannte. Aber *wann* lebten wir dann *wirklich*, wann traten wir ein in unsere tatsächliche

Gegenwart, die nicht sofort vermoderte? Ich setzte mich manchmal irgendwohin, wo nichts geschah und wo es nichts zu sehen gab; dort wartete ich auf den vollständigen Stillstand. Tatsächlich aber tändelte ich von einer Täuschung in die nächste. Kaum saß ich, erinnerte ich mich an Frau (der Name wird vom Erinnerer verschwiegen), die auf ihrem Schreibtisch im Sender ein kleines Radio stehen hatte. Zuweilen beschwerten sich Kollegen, dass das Gedudel aus dem Zimmer von Frau (…) leider auch nebenan zu hören sei. Frau (…) konterte geschickt und erfolgreich, dass sie in den Zimmern der Mitarbeiter leider auch jeden Tag die halbvollen Mineralwasserflaschen und die eingetrockneten Blumen ertragen müsse. Frau (…) hatte einen Schlüssel zu einem Nebenzimmer, das als Abstellraum benutzt wurde, in dem niemand mehr arbeitete. Es war darin nur ein Schreibtisch und zahlreiche Kartons mit alten Unterlagen untergebracht, in denen Frau (…) dann und wann eine bestimmte Akte heraussuchen und ihrem Chef bringen musste. Während unserer Intimitäten im Abstellraum gab Frau (…) nicht das kleinste Geräusch von sich. Ich staunte über diese Stummheit, aber viel später sagte mir Frau (…), dass sie den Geschlechtsverkehr nur gebraucht hätte, um wieder wach zu werden, was ihr meistens gelungen sei. Sie lachte darüber so grundehrlich und immer noch erfrischend, dass ich nicht den kleinsten Grund für eine Kränkung sah.

Die nachsommerlichen Temperaturen waren so heftig, dass die eine und andere U-Bahn nicht mehr funktionierte, etliche Rolltreppen stillstanden und sogar die eine oder andere öffentliche Uhr nicht weitertickte. Die Tage gingen nur schleppend vorüber. Ich benutzte abgelegene Wege, um diversen Zeitgenossen nicht zu begegnen. Das war nicht einfach; ich lebte in einer Großstadt, die so eng zusammengebaut worden war, dass sie vielen als Metropole galt. Weil es mir nicht gelang, Carola und ihr schreckliches Ende zu vergessen, überlegte ich, ob mir eine große Reise dabei helfen könnte; das war ein konventioneller Gedanke, was mich – jedenfalls in diesen Tagen – nicht abschreckte. Wenig später setzte ich mich in die U-Bahn und fuhr in die Innenstadt, wo es mehrere große Reisebüros gab. In der U-Bahn fiel mir ein, dass ich für eine Weile nach Amerika verschwinden könnte. Das wollte ich schon öfter, aber es war nie dazu gekommen. Ich wollte nicht fliegen, sondern eine Schiffsreise machen, wenn es so etwas überhaupt (noch) gab. Als ich in der Nähe der Reisebüros war, hatte ich bereits gute Laune, weil ich prompt von kitschig-männlichen Nebeneinfällen bedrängt wurde. Auf dem Schiff würde ich eine neue Frau kennenlernen. Sie wäre (genau wie ich) allein unterwegs, weil sie (wie ich) einen Schicksalsschlag auszugleichen hätte. Ich betrat ein Reisebüro, in dem kaum Betrieb war. Ich setzte mich an den Arbeitstisch eines jungen Angestellten und sagte tatsächlich: Ich möchte mit dem Schiff nach Amerika. Der junge Mann lächelte und fing an, Fragen zu stellen: Fahren Sie allein oder zu zweit, wollen Sie eine Außen- oder eine Innenkabine, wollen Sie Luxuskomfort oder »normal« und so weiter.

Ich beantwortete alle Fragen, und als es mir zu langweilig wurde, fragte ich plötzlich, was eine solche Reise eigentlich kostet. Der Mann sagte: Ihren Ansprüchen gemäß kommen Sie bis jetzt auf circa 9000 Euro. Ich erschrak. So teuer war das Vergessen. Ich fühlte, wie sich mein Sinn drehte, und der Angestellte fühlte es auch. Er reagierte rasch und gab mir einen dicken Katalog mit vielen Farbfotos (über das tolle Leben an Bord) und einen dünnen Katalog mit den Preislisten. Im Augenblick, als ich das Material entgegennahm, war mir klar, dass ich auf eine Seereise nach Amerika verzichtete. Ich überlegte, ob ich dem Angestellten die Kataloge sofort zurückgeben sollte. Aber ich konnte nicht so schnell handeln, wie mein Schreck es wollte. Also nahm ich die Kataloge an mich und verließ das Reisebüro.

Es zeichnete sich ab, dass ich Carola würde vergessen müssen, indem ich das tun würde, was ich bisher immer getan hatte: Ich würde in der Stadt umhergehen und ganz langsam, verteilt über die Zeit, Stück für Stück, Teile meines Lebens und meiner Erinnerungen verlieren, bis sie in dem großen Container des Vergessens verschwunden waren und von niemandem mehr gesucht wurden, auch von mir nicht. Wenn ich im ICE unterwegs war, würde ich mir einen Fensterplatz suchen und die Erinnerungsreste auf vorübereilende Felder, Wälder und Dörfer auf Nimmerwiedersehen verteilen. Endlich begann ich zu trauern, ohne einen Ausweg zu suchen. Ich kehrte um und ging in das Reisebüro zurück. Als ich die Tür öffnete, strahlte der junge Mann und sagte: Haben Sie sich schon entschieden? Ja, sagte ich, aber dagegen. Ich legte die Kataloge auf den Schreibtisch. Es tut mir leid, sagte ich, ich habe es mir anders überlegt. Das ist aber schade, sagte der junge Mann, mehr kam von ihm nicht. Da ich mich auf kein Gespräch einlassen wollte, drehte ich mich um, bedankte mich und verließ das Reisebüro. Draußen sagte ich zu mir selbst: Man kann nicht auf Wunsch einen Menschen vergessen. Das hättest du wissen können. Du bist bis auf weiteres ein Trauerfall, Schluss jetzt.

Kurz danach fiel mir eine betrunkene Frau auf. Sie ging mit zwei ineinandergeschobenen Supermarktwagen die Straße entlang. In den Einkaufswagen lagen ihre Habseligkeiten, verpackt in abgegriffene Plastiktüten. Die Frau war schwach und hilflos, aber niemand wollte ihr helfen oder sich einmischen. Sonderbar war, dass mir das Erscheinungsbild der Frau half. War ich ein bisschen verrückt geworden oder war es nur das Aufeinandertreffen von Baulärm und Hitze und Abfall und leeren Flaschen im Rinnstein? Ich erinnerte mich an die schreckliche Zeit, als ich auswandern wollte. Ich war ein Schulversager, und meine Familie wusste nicht, was die Welt mit mir anstellen sollte. Die ganze Verwandtschaft machte sich Gedanken darüber, welchen Beruf ich ergreifen könnte. Mal sollte ich Bäcker werden, dann Mechaniker, zwei Tage später Industriekaufmann oder Fernmeldetechniker. Ich selbst wurde nicht gefragt. Ich saß nur mit am Tisch und war befremdet, weil sich alle ihre Ahnungslosigkeit eingestanden und sich derer nicht schämten. Meine Zeugnisse wurden schlechter und schlechter, es würde der Tag kommen, dass ich die Schule würde verlassen müssen. Ich verstand nicht einmal, dass sich hinter dieser Vorhersage eine Art Drohung verbarg. Ich hielt meine Grundlagennaivität für normal, ohne dass ich diese Annahme hätte ausdrücken können. Die Lage hatte sich insofern grundsätzlich verändert, weil mich das Gefühl einer sich nähernden Verrücktheit kaum noch verließ. Ich musste begreifen, dass ich mein früheres Leben als Beinahe-Ehemann vergessen musste und dafür auch nicht bestraft wurde. Warum dachte ich solche Selbstverständlichkeiten? Wenn jetzt jemand käme und das Wort an mich richtete, würde ich mich sofort innerhalb der Lebensgeläufigkeit befinden und reden, als wäre ich noch nie eine Minute abwesend gewesen.

Ich ging für kurze Zeit hinter einem Mann her, den ich nicht kannte und von dem ich nichts wollte. Auch ich hatte schon bemerkt, dass ich gelegentlich von Fremden verfolgt und dann von ihnen wieder aufgegeben wurde. Ich kontrollierte den Wechsel der Situationen durch Blicke in große Schaufensterspiegel. Das Hinterherlaufen hinter Fremden erinnerte mich an das Herumlaufen während der Kindheit. Ich lief oft mit großem Abstand hinter meinen Eltern her. Anfangs drehten sie sich nach mir um, dann nicht mehr. Erst gegen Ende der kleinen Ausflüge gingen wir wieder zusammen und waren gemeinsam glücklich, worüber ich erstaunt war. Denn das Nachlaufen hinter den Eltern erschien mir schon als Kind wie eine praktizierte Fremdheit. Gern wollte ich auch heute auf dieselbe Weise umhergehen; am liebsten würde ich auf der Straße hinter einem Fremden hergehen und ihn nach einer Weile fragen: Ich habe diesen Schmerz, welchen haben Sie? Das Gurren der Tauben hörte sich an, als hätten die Tiere den ganzen Tag Zahnschmerzen. Um die Harmlosigkeit des Tages ein wenig zu feiern, kaufte ich mir zwei Bällchen Eis (Schokolade und Nuss). Weil ich kaum noch Erinnerungen an das Eisessen als Kind hatte, verlor ich beim Lecken zwei kleine Eisreste, die mir während des Gehens auf die Hose klatschten, was mich beeindruckte. Gott, wie lange war es her, dass ich Schokoladenflecken auf der Hose umhertrug?

Es fing an zu regnen. Schnell bildeten sich Pfützen und kleine Ansammlungen herabgefallener Blätter. Rasch durchweichter Abfall verklumpte in der Nähe von Geschäften, Kiosken und Mülltonnen. Eine ältere Frau stellte eine mit

Altkleidung vollgestopfte Plastiktüte gegen einen Lampenmast und verschwand. Ich weiß nicht, warum ich sofort glaubte, dass sich in der Lumpentüte alte Schlafanzüge befanden. Carola hatte immer gewollt, dass ich im Schlafanzug übernachtete, aber leider schätzte ich Schlafanzüge nicht. Sie schränkten meine Bewegungsfreiheit ein, sie überwärmten den Körper, sie waren zu knapp geschnitten und im Schritt oft zu eng. Carola war unbelehrbar und kaufte weitere Schlafanzüge, die bis heute im Schrank lagen, unausgepackt, unberührt, ungeliebt. Heute drängte es mich manchmal zu einer Schlafanzug-Gedenk-Nacht, die zugleich eine Carola-Erinnerungsnacht werden sollte. Ich zog tatsächlich einen Schlafanzug an, aber weder das Gedenken noch das Erinnern funktionierte, es entstand nur eine Ein-Personen-Verlegenheit. Ich stand im Flur herum in einem steifen Schlafanzug, der so eng am Körper anlag wie eine Uniform und auch so merkwürdig roch. Ich sah aus wie ein aus einem Bilderbuch herausgerutschter Hampelmann. Ich zog das Ding wieder aus, legte es sorgfältig zusammen und schob es in die Plastik-Verpackung zurück. In einem Schlafanzug erlitt wahrscheinlich jeder Mann einen Stich ins Onkelhafte, wenn nicht sogar ins Clowneske; ich musste versteckt lachen und war froh, dass Carola es nicht hören konnte. Der Schlafanzug erinnerte mich an meinen Vater, der solche Schlafanzüge und sogar noch eigenartigere Nachthemden trug, auch auf Druck meiner Mutter, die nicht locker ließ. Es waren Ticks, von denen viele langjährige Ehefrauen sich nicht mehr trennen konnten. Meine Mutter hortete außerdem Tischdecken und riskante BHs, die sie manchmal trug, aber nur zu Hause in der Wohnung und wenn außer mir niemand da war. Als Kind hatte ich meine halb- oder ganz nackte Mutter oft gesehen. Ich war oft sprachlos, heute wusste ich nicht mehr genau warum. Lange Jahre war der Grund meiner Sprachlosigkeit die körperliche Wucht meiner Mutter. Ich hatte nie angenommen, dass sich unter ihren Kleidern derartig große Brüste befanden. In der Folgezeit glaubte ich, ich müsste dafür sorgen, dass nicht bekannt werde, was sich unter Mutters Kleid verbarg. Dieser Tick hörte erst auf, als ich ein paar Jahre später meine erste Freundin kennenlernte und wieder nach etwa einem weiteren Jahr ihre wundervollen kleinen Brüste sah, die sie lange vor mir versteckte. Ich erinnerte mich, dass ich mir damals überlegte, ob ich meine Freundin vor den großen Mutterbrüsten warnen müsste, die ihr in einigen Jahren – ach, ich wusste nicht, wie ich mich ausdrücken sollte und brach den Satz an dieser Stelle ab.

Als Kind hatte ich mich für meine Kindheit nie interessiert, weil meine Kindheit langweilig und schlicht war und nichts verhieß. Jetzt, nach so langer Zeit, war sogar die Ödnis der Kindheit vergessen. Nur ihre Kulissen waren übrig geblieben, die elterliche Wohnung (jetzt ohne Eltern), das Gymnasium (jetzt ohne meine Lehrer), die Schulwege, die Kirche, sogar ein paar kleine Geschäfte waren noch da. Am Abend, wenn die Erinnerungen im Raum aneinander stießen, saß ich allein in der Küche und verzehrte eine Orange. Wenn die Schale weg war, wunderte ich mich oft, wie klein jetzt die Orange geworden war. Um die Ödnis der Abende unterhaltsamer zu machen, erfand ich damals Kinderspiele. An eines der schönsten erinnerte ich mich bis heute: Ich probierte aus, ob man sich die Haare föhnen und gleichzeitig die Nase putzen kann. Ein anderes Spiel ging aus der Beobachtung meiner rauchenden Mutter hervor. Mir war aufgefallen, dass Frauen, die rauchten, nicht mehr geküsst wurden, es sei denn von Rauchern. Als ich meine Mutter auf diesen drohenden Notstand hinwies, antwortete sie, dass ich mich besser um die Pupsflecken in meiner Unterhose kümmern möge. Es war Freitag, ich kaufte mir drei Tomaten, zwei Bananen, eine Schale mit Erdbeeren. Bis heute kaufte ich Tomaten, obwohl ich sie »eigentlich« nicht mochte. Zu Hause würde ich sie als Dekoration auf den Tisch legen. Das kommende Wochenende verbrachte ich so, als fürchtete ich, dass mein Leben über *dieses* Wochenende vielleicht nicht hinauskommen werde. Sorgfältig wusch ich mich, ich rasierte mich, ich zog frische Unterwäsche an, ich räumte die Wohnung auf. Es war mir bewusst, dass dieser Aufwand nur Theater war. Unklar war nur, wem ich dieses Theater vorspielte.

12 Schon oft war ich in Versuchung gewesen, Carolas Eltern anzurufen und sie zu fragen, ob sie … vielleicht … in zwangloser Atmosphäre … aber schon an diesem Punkt begann meine Unsicherheit: *Was* könnte ich sie fragen, *was* würden sie gerne von mir hören, *wie* sollte ich mich darstellen? Klar war immer nur, dass der plötzliche Abbruch des Kontakts durch Carolas Tod unser Verhältnis schwieriger gemacht hatte. Die Monate zogen dahin, es geschah nichts. Ich war mir sicher, dass umgekehrt die Eltern ungefähr dasselbe Anliegen hatten wie ich. Aber auch sie wollten nicht aufdringlich sein, auch sie wollten eine Art persönlicher Souveränität in der Trauer aufbauen, wenn es so etwas überhaupt gab. Dann hatte ich den Einfall, ich könnte die Eltern bitten, mir Fotos aus Carolas Leben zu zeigen, Fotos, von denen ich die meisten nicht kannte, weil Carola ihrerseits nicht den Drang hatte, mir Fotos aus ihrer Jugendzeit zu zeigen, die mich allerdings nicht besonders interessiert hätten und was ich nicht gern zugegeben hätte. Ich argwöhnte, dass Fotos anschauende Leute zu gern in die Sphäre ihrer Jugend überwechselten, ohne es zu bemerken. Nur wer richtig alt geworden war, war auch fotobedürftig. Dann kam ein Anruf, der die Lage veränderte. Es war Carolas Mutter, die mir ihre Hilfe anbot. Sie sagte, dass ich in »meiner« Wohnung gewiss noch keine Gardinen hätte. Ich musste lachen und gab zu, dass sie ins Schwarze getroffen hatte.

Ich kenne keinen Mann, sagte sie, der sich jemals um Gardinen bemüht hätte.

Ich lachte und gab ihr recht.

Ich mach dir einen Vorschlag, sagte sie; ich habe noch ein paar Gardinen, die ich nur waschen muss, dann sind sie wieder brauchbar. Nur aufhängen musst du sie selber, weil ich auf der Leiter keine gute Figur mache.

Jaja, machte ich nur.

Wann soll ich denn kommen?

Ich bin die ganze nächste Woche hier, antwortete ich, du kannst es dir aussuchen.

Geht es am Mittwoch so gegen drei?

Ja, gut, sagte ich. Tschüss!

Ich hatte Angst vor Verstrickungen; es kam mir nicht geschmackvoll vor, mich nach der Tochter mit der Mutter zu verabreden. Allerdings wusste ich auch, dass das Leben ohnehin nicht geschmackvoll war. Ich war nicht gewohnt, ethische Probleme dieser Art auseinanderzunehmen und jeden Aspekt angemessen zu bedenken. Aber wie sollte ich mit Carolas Mutter im Alltag umgehen? Man kann nicht zu einem anderen Menschen aufrichtig sein und gleichzeitig zu sich selbst nicht. Allerdings war auch das Gegenteil richtig: Man kann nicht zu sich selbst aufrichtig sein und zu den anderen nicht. Stimmte das wirklich? Ich wurde das Gefühl nicht los, dass meine Art zu denken zu einem Siebzehnjährigen passte, zu einem erwachsenen Mann aber nicht. Außerdem war ich bisher nicht in moralische Konflikte dieser Art verstrickt. Ich wollte einen kleinen Spaziergang machen, um das Problem durch Umhergehen ein wenig zu lüften. Ich hatte gerade meine Jacke angezogen, da klingelte das Telefon. Es war eine Frau am Apparat, die mich fragte, ob ich bei der Verlobungsfeier ihrer Tochter nicht ein paar launige Ehegedichte aufsagen würde. Honorar:

500 Euro. Ich ließ mir Name und Telefonnummer sagen und versprach mich in Kürze wieder zu melden. Tatsächlich fühlte ich mich eher abgestoßen. Wenn ich mich auf so etwas einlasse, überlegte ich, würde ich in die Rolle eines Schwerenöters, wenn nicht in die eines bürgerlichen Schmierenkomödianten schlüpfen. Wenn ich das schon höre: launige Ehegedichte. Andererseits machte das Honorar jede Art säuerlichen Moralisierens überflüssig. Oft musste ich zwei Termine absolvieren, um auf dieses Honorar zu kommen.

Als Carolas Mutter meine Wohnung betrat, hatte ich sofort das Gefühl, dass sie mir zu nahe kommen würde. Diese Übernähe hatte ich von Anfang an befürchtet. Gleichzeitig hoffte ich, mich durch den Kontakt zur Mutter ein wenig besser in Carolas Selbstmord einfühlen zu können. Es starb niemand mehr an Cholera, nirgendwo stürzte ein vollbesetzter Zug in einen Abgrund, kein Gangsterboss erschoss mehr einen anderen; aber warum sollte (musste) ich plötzlich verstehen, dass Carola nicht mehr da war? Mit kleinen Denkschritten fing ich an: Ich machte mir klar, dass Selbstmord ein undurchschaubarer Vorgang ist. Jeder kannte aus seinem eigenen Leben hoffnungslose Situationen, auf die ein Selbstmord eine Antwort hätte sein können. Aber rätselhaft war nicht, warum es Selbstmörder gab. Rätselhaft war, warum so viele Menschen ihre schwierigen Existenzen aushielten, ohne Selbstmörder zu werden. Ich hatte mir vorgenommen, nicht allzu viel zu reden, aber Carolas Mutter ließ immer wieder Leerstellen, die so deutlich gesetzt waren, dass ich sie füllen musste. Ich gehörte zu den Männern, deren Gefühlsleben trotzig wurde, sobald sie bemerkten, dass eine Frau das körperliche Moment besonders betonte. Eine solche Frau, fürchtete ich, war die Mutter. Sie überging schamhafte Momente, weil Scham für solche Menschen nur ein anderes Wort für Verzögerung, Aufschub, Verzicht oder Ausfall war. Aus mir machte dieses Verhalten den Beobachter einer fremden Dringlichkeit, die nicht einmal schwer zu beobachten war, weil sie sich selbst immer von neuem nach vorne schob. Das war gewiss keine tolle Position, aber der schäbige Mann (ich) gab die Schuld an die Frau weiter, weil er ohne sie die Not der Schäbigkeit womöglich nicht gespürt hätte. Denn die Schuld meiner Schäbigkeit trug sie, weil sie mir die Ausweglosigkeit der Situation aufgenötigt hatte.

Schon vor ein paar Tagen hatte ich mein Näh-Etui auf den Tisch gelegt, um mich daran zu erinnern, dass ich an zwei Hemden je einen Knopf annähen musste. Schon einen Tag später musste ich lachen: Hier liegt ja mein Näh-Etui! Wer hätte das erwartet! Und verdrängte, dass zwei kleine Knöpfe auf meinen Einsatz warteten. Weil die Knöpfe weit unten auf den Leisten fehlten, fiel der Mangel nicht besonders auf. Carolas Mutter sah die Knöpfe auf dem Tisch; sie bot sich sogleich an, die Hemden wieder mit vollständigen Knopfleisten zu versehen. Mir war ihr Eifer nicht ganz genehm, aber sie erklärte, dass Knöpfe annähen ein zentraler Aspekt ihres Lebens war. Schon als junges Mädchen, sagte sie, nähte sie die Knöpfe an den Hemden ihres Großvaters und ihres Vaters an. Nach dem Tod der beiden erschien ein junger Mann, aus dem ihr Ehemann werden sollte. An einem Osterfest saß die Familie am Tisch, sagte sie, als plötzlich meinem späteren Ehemann ein Knopf von der Hemdleiste sprang. Meine Schwiegermutter in spe gab mir ein Etui. Und ich eroberte an diesem Abend nicht meinen Mann (den hatte ich schon), sondern meine Schwiegermutter. Carolas Mutter erinnerte mich an meine eigene Mutter, aber das sagte ich nicht. Meine Mutter nahm einen kurzen Faden zwischen die Lippen und hielt ihn dort fest, bis sie ihn brauchte. Willst du das Hemd gleich anziehen? hatte meine Mutter oft gefragt. Und weil ich tatsächlich ein frisches Hemd nötig hatte, legte ich das verbrauchte Hemd schnell ab. Und als ich im Unterhemd dastand, ereignete sich die von mir oft vorgestellte Szene. Es kam zu einem Schattentheater zwischen Carolas Mutter und der Erinnerung an meine Mutter, das ich nicht (mehr) vollständig durchschaute. Meine Mutter umarmte mich und hielt mich etwa eineinhalb Minuten lang fest. Ich legte die Arme auch um meine Mutter, und als wir uns küssten, war von den üblichen Hemmungen zwischen Mutter und Sohn nichts mehr übrig. Als ich ihr an die Brust fasste, trat meine Mutter ein paar Zentimeter zurück, damit meine Hand sich frei bewegen konnte. Zum Glück war ich schon frei von der Zwangsvorstellung, dass ich mit meiner Mutter schlafen musste, um zu wissen, *wie* eine Frau ist. Aber Carolas Mutter schien davon überzeugt, dass ich voller Zwänge war und jeder Hilfe bedurfte. Die Brüste von Carolas Mutter waren groß, jung und schwer, genauer will ich nicht werden. Ich hatte das Gefühl, die Mutter wollte wieder gutmachen, was die Tochter angerichtet hatte. Nach einem langen Kuss stiegen ihr Tränen in die Augen.

Ich bin knapp über sechzig, sagte sie und weinte jetzt richtig.

Ist das schlimm? fragte ich.

Ich will keinen Trost, sagte sie.

Trost kriegst du auch nicht, weil du ihn nicht brauchst,

sagte ich, beugte mich nieder und drückte mir ihre rechte Brust gegen das Gesicht.

Es war leicht für mich, Carola in ihrer Mutter wiederzufinden. Sie lachte und weinte gleichzeitig, eine merkwürdige Mischung, auf die ich neidisch wurde.

Ich sah, dass die Brüste der Mutter so etwas wie die Heimat von Carolas Brüsten waren. Als wir den Rest unserer Kleider ablegten, sagte sie, ihr Mann litte nicht an seiner untreuen Frau, aber umso mehr an einer Altersimpotenz.

Ich räusperte mich.

Für eine Altersimpotenz ist er noch nicht alt genug, sagte sie.

Ich wunderte mich, *wie* sie das beurteilen wollte, aber ich schwieg, weil ich die gute Stimmung zwischen uns nicht beeinträchtigen wollte. Ich wunderte mich über die sorglose Bereitschaft der Mutter. Das heißt, eigentlich wunderte ich mich nicht. Wovor ich mich fürchtete, war der Ehemann. Ich hielt es für möglich, dass er schon lange bemerkt hatte, auf welchen Pfaden seine Frau wandelte. Möglicherweise verbarg er seine Kränkung geschickt und beobachtete heimlich jedes sich aufstellende Härchen auf den Armen seiner Frau. Die Art, wie Carolas Mutter sich auszog, ähnelte einer bevorstehenden Sättigung nach langer Ödnis. Es war leicht zu sehen, dass eine eilige Selbstentkleidung jede Selbstbeobachtung ausschloss. Carolas Mutter war mit Ausziehen früher fertig als ich. Sie setzte sich auf den Bettrand und schaute vergnügt auf mich. Ich hatte weder die Routine eines Ehemanns noch die Lockerheit eines Liebhabers. Ich hängte mein Unterhemd über eine Stuhllehne und hatte dabei selbst das Gefühl, dass ich vielleicht gerade dreizehn Jahre alt geworden sei. Als ich vor ihr stand, drückte sie sich an mich und schob mir ihre Finger in die Hinternfalte. Sie küsste den unteren Bereich des Bauchs und näherte sich langsam und doch drängend dem Schambezirk. Dann legte sie sich zurück auf das Bett. Ich wollte etwas sagen, aber mir fiel nichts ein. Ich legte mich neben sie und schob meinen linken Arm unter ihren Körper. Mit der rechten Hand umfasste ich ihre rechte Brust und schob mir deren Spitze in den Mund.

Hast du es eilig? fragte sie.

Äußerlich nicht, sagte ich.

Und innerlich?

Innerlich schon, sagte ich.

Warum eilst du dich innerlich?

Aus Angst, dass es schiefgehen könnte, sagte ich.

Sie lachte kurz und fasste mir an das Geschlecht. Es war halb erigiert, holte aber rasch auf, als es die Umklammerung fühlte. Guter Gott, dachte ich, warum bin ich so nervös? Alles, was jetzt gleich geschieht, kennst du auswendig und du bist dankbar dafür. Ich sah keinen Hinweis, dass es zwischen Carola und ihrer Mutter Ähnlichkeiten gab. Schon ärgerte es mich, dass ich nicht aufhören konnte, auf solche Parallelen zu warten. Sie schob sich ein wenig mehr in die Mitte des Bettes. Dann geschah, womit ich so schnell nicht gerechnet hatte. Sie setzte sich auf mich und führte sich den Schlot in den Leib. Ich erschrak ein wenig, aber ich war froh, weil alles gelang. Sie machte nicht den Eindruck von Nervosität oder Unruhe oder Eile. Ihre Brüste schaukelten ein wenig hin und her. Ich hätte sie jetzt gerne mit Vornamen genannt, was ich mich nicht traute. Mir fiel nicht ein, dass die Frau über sechzig Jahre alt war. Ich vermutete, dass sie schon lange keinen Eisprung mehr hatte und dass sie vielleicht deswegen so entspannt war. Nach einer Weile merkte ich, dass sie nervös wurde. Ich nahm an, dass sie nach Hause wollte, damit sich ihr Mann nicht beunruhigte. Sie beendete den Beischlaf, als würde sie irgendwo einen Stecker rausziehen. Sie stieg von mir herunter und sagte: Würdest du mir bitte noch einmal den Busen küssen? Es wird ein paar Tage dauern, bis wir uns wiedersehen. Sie ließ sich in einem Sessel nieder, öffnete die Beine, damit ich nah an ihren Oberkörper herankam, und ich küsste ihr den Busen. Ihre Oberlippe verschob sich nach oben, der Mund öffnete sich leicht. Ich wischte mir den Mund ab wie ein Kind. Erst jetzt fiel mir auf, dass sie eine Einkaufstasche mitgebracht hatte, die sie, von mir unbemerkt, im Flur abgestellt hatte. Sie zog sich rasch an, küsste mich noch einmal und verschwand. Ich ging ans Fenster, um von oben zuzuschauen, wie sie das Haus verließ. Weil ich vergnügt war, hatte ich es schwer, im nachhinein geschmackvoll zu sein. Ich fing sogar an, ganz stille Vergleiche anzustellen. Carola hatte ein kleines enges Geschlecht, ihre Mutter ein großes und praktisches. Obwohl es mich jetzt doch interessierte, wie alt Carolas Mutter war, verbot ich mir solche Indiskretionen. Dann sah ich, wie sie auf ein Fahrrad stieg und losfuhr. Ich fand Gefallen an ihrer fast bäuerlichen Lebensroutine: Sie radelte wie die leibhaftige Harmlosigkeit davon. Als sie eine Weile weg war, gefiel mir der Anblick des liebeszerwühlten Bettes. Ich setzte mich auf einen Stuhl und betrachtete die Überbleibsel unserer feinen Ausschreitungen. Eine Weile legte ich mein Gesicht in die immer noch stark duftende Bettwäsche.

Dann machte ich mich zurecht und verließ ebenfalls die Wohnung. Ich fühlte mich privilegiert und kam nicht auf den Gedanken, dass auch andere Menschen, die um mich herum waren, noch kurz zuvor beigeschlafen haben könnten. Ich sah ihnen in die Gesichter und bildete mir ein, etwas von ihrer Zufriedenheit zu bemerken. In einem kleinen Café bestellte ich einen Cappuccino und roch eine Weile an mir selber, weil ich hoffte, dass mir der Geruch des Geschlechts von Carolas Mutter noch anhaften musste. Ich ging kurz auf die Toilette, fasste mir in die Hose und tatsächlich, mein Geschlecht roch nach Carolas Mutter. Ich war beflügelt oder beschwingt oder drangvoll, Carolas Mutter so bald wie möglich wiederzusehen. Aber es war vereinbart, dass *ich* wartete, bis sie wieder bei mir anrief. Ich überlegte, ob ich sie bald mit ihrem Vornamen Ingrid ansprechen würde. Normalerweise war der Name das erste, was ein Mann von einer Frau erfuhr. Alles, was es in der Stadt gab, hatte ich schon oft gesehen. Daher rührte mein Eindruck, dass ich vorübergehend tot sei. Beziehungsweise: dass die anderen tot seien. Durch die momentane Unklarheit der Antwort entstand ein Spiel. Alle Toten bitte sofort den Arm heben. Das Spiel wurde schnell langweilig, ich stand wieder sprachlos und wartend herum. Immerhin wusste ich wenigstens, auf wen ich wartete. Nach langer Zeit wackelte mir wieder einmal ein Zahn. Ich stellte mich vor eine spiegelnde Schaufensterscheibe, öffnete den Mund und wollte den wackelnden Zahn sehen. Es gelang mir nicht, weil mir mein eigener Anblick (Mann mit weit geöffnetem Mund vor einer Schaufensterscheibe) rasch unangenehm wurde. Ich schloss den Mund und ging weiter, fing aber an, mit der Zunge nach dem wackelnden Zahn zu tasten. Es war nicht das erste Mal, dass ich mich mit einem zuerst wackelnden und mich dann verlassenden Zahn halb öffentlich beschäftigte. Genau genommen konnte ich kaum fassen, dass ich ins Zahn-Ausfall-Alter eingetreten war. Jahrzehntelang war ich (von Eltern, Geschwistern, Kollegen) meiner makellosen Zähne wegen beneidet worden. Tatsächlich konnte ich als junger Mensch kaum verstehen, warum schon Kinder mit Zahnspangen herumliefen und wie es kam, dass ein paar Schulfreunde schon mit Ersatzzähnen ausgestattet waren und sich deswegen nicht prügeln und nicht Fußball spielen durften. Zähne verlieren war kein Thema, genau so wenig wie das ewige Kratzen an den Hoden oder die immer wieder auftauchenden braunen Flecken in der Unterhose. Warum war ich schon wieder mit diesen halbseidenen Problemen beschäftigt? Ich hatte zwei anregende Stunden mit Ingrid verbracht und war jetzt gefeit vor dem Druck der Nebenwirkungen, jedenfalls glaubte ich das. Dabei hatte ich während des Zusammenseins mit Ingrid nur meine normale Ernsthaftigkeit zustande gebracht. Ich hatte zu affektiert geredet und war zu besorgt um meine Makellosigkeit. Ich hatte unter anderem über Kleists Zerbrochenen Krug geredet, und obwohl ich die Gestelztheit meiner Sätze sofort peinlich fand, konnte ich mich nicht bremsen. Ich wollte jetzt gerne wie ein kleines Tier beide Ohren gleichzeitig nach vorne aufstellen und jedes mich störende Moment sofort erkennen. Gegenüber der verbreiteten Vorstellung, dass unsere Welt verständlich sei, fühlte ich in mir einen harten Kern, der auf Unverstandensein beharrte. Ich kam mir verstoßen vor wie ein kleines Tier, das sich in einer Ecke versteckt und darauf wartet, dass alle fixen Versteher endlich und für immer den Mund halten. Für etwa zehn Minuten verwandelte ich mich in dieses Tier, das in eifriger Bedrängnis nach einem Schlupfwinkel suchte. Wenn ich tatsächlich ein solches Tier wäre, würde ich an vielen Tagen ganz andere Wege gehen, damit ich nicht immerzu den großen Tieren begegnen müsste. Meine Schuld würde darin bestehen, dass ich von allen Unglücken wüsste. Ziel meines Lebens wäre, allen möglichen Zusammenstößen aus dem Weg zu gehen, auch wenn ich (wieder) plötzlich fliehen müsste, außer Atem wäre und meine Kleidung an mir herunterhing, als würde ich gerade (wieder) mein Fell wechseln.

»Genazino zu lesen ist wie durchs Leben zu flanieren.«

Anne Haeming, *SPIEGEL online*

176 Seiten. Gebunden. Auch als E-Book

Liebe und Ehe sind ein kompliziertes Geschäft. Die Bilanz ist oft nur mittelmäßig. Muss man es einfach nur häufiger versuchen? Oder gleichzeitig? Oder besser über die eigene Mutter nachdenken? Wilhelm Genazino erzählt von einem philosophischen Helden, der beim verschärften Nachdenken jede Sicherheit verliert. Vielleicht muss der Mann die Probe aufs Exempel machen mit allen Frauen, die er im Leben kannte, und die Vergangenheit handfest bewältigen. Die Gelegenheit wird sich bieten.

HANSER
www.hanser-literaturverlage.de

Wilhelm Genazino im dtv

»Genazinos Helden sind scheiternde Experten der Lächerlichkeit,
Lebenskünstler der nobilitierten Vergeblichkeit.«
Neue Zürcher Zeitung

Abschaffel
Roman-Trilogie
ISBN 978-3-423-13028-8

Wie Abschaffel mit innerer Fantasietätigkeit die äußere Ereignisöde seines Angestelltendaseins kompensiert.

Ein Regenschirm für diesen Tag
Roman
ISBN 978-3-423-13072-1

Vom Dasein eines Flaneurs, der sich seinen Lebensunterhalt mit dem Probelaufen von Luxushalbschuhen verdient.

Eine Frau, eine Wohnung, ein Roman
Roman
ISBN 978-3-423-13311-1

Weigand will endlich erwachsen werden und die drei Dinge haben, die es dazu braucht: eine Frau, eine Wohnung und einen selbst geschriebenen Roman.

Fremde Kämpfe
Roman
ISBN 978-3-423-13314-2

Da die Aufträge ausbleiben, lässt sich der Werbegrafiker Peschek auf kriminelle Geschäfte ein ...

Die Ausschweifung
Roman
ISBN 978-3-423-13313-5

›Szenen einer Ehe‹ vom minutiösesten Beobachter deutscher Alltagswirklichkeit.

Die Obdachlosigkeit der Fische
ISBN 978-3-423-13315-9

Eine Lehrerin an der Schwelle des Alterns vergewissert sich einer fatal gescheiterten Jugendliebe.

Der gedehnte Blick
ISBN 978-3-423-13608-2

Über das Beobachten und Lesen, Schreibabenteuer und Lebensgeschichten und über das Lachen.

Aus der Ferne · Auf der Kippe
ISBN 978-3-423-14126-0

Ein Fotoalbum der etwas anderen Art.

Die Liebesblödigkeit
Roman
ISBN 978-3-423-13540-5

Ein äußerst heiterer und tiefsinniger Roman über das Altern und den Versuch, die Liebe zu verstehen.

Bitte besuchen Sie uns im Internet: www.dtv.de

Wilhelm Genazino im dtv

»Wilhelm Genazino beschreibt die deutsche
Wirklichkeit zum Fürchten gut.«
Iris Radisch in ›Die Zeit‹

Mittelmäßiges Heimweh
Roman
ISBN 978-3-423-**13724**-9

Schwebend leichter Roman über einen unscheinbaren Angestellten, der erst ein Ohr und dann noch viel mehr verliert.

Das Glück in glücksfernen Zeiten
Roman
ISBN 978-3-423-**13950**-2

Die ironische und brillante Analyse eines Menschen, der am alltäglichen Dasein verzweifelt.

Die Liebe zur Einfalt
Roman
ISBN 978-3-423-**14076**-8

Deutschland in den Wirtschaftswunderjahren – doch warum, fragt sich der heranwachsende Erzähler, nehmen *seine* Eltern nicht am Aufschwung teil?

Wenn wir Tiere wären
Roman
ISBN 978-3-423-**14242**-7

»Ein ebenso skurriler wie vergnüglicher Roman.« (NZZ)

Leise singende Frauen
Roman
ISBN 978-3-423-**14292**-2

»Exkursionen zu den verborgenen Ereignissen der Poesie« (Die Zeit).

Idyllen in der Halbnatur
ISBN 978-3-423-**14328**-8

Kurzprosastücke aus den Jahren 1994 bis 2010.

Tarzan am Main
Spaziergänge in der Mitte Deutschlands
ISBN 978-3-423-**14366**-0

Eine poetische Lokalrunde durch Frankfurt.

Bei Regen im Saal
Roman
ISBN 978-3-423-**14466**-7

Reinhard, ein schlecht rasierter, promovierter Mittvierziger ohne Perspektive wird von seiner Frau verlassen – kann es ein Happy End im sozialen Abstieg geben?

Bitte besuchen Sie uns im Internet: www.dtv.de